Armin A. Alexander

Geheimnisvolles Rendezvous

AF140555

Armin A. Alexander

Geheimnisvolles Rendezvous

Erzählungen

Bibliografische Information der Deutschen Nationalbibliothek
Die Deutsche Nationalbibliothek verzeichnet diese Publikation in der
Deutschen Nationalbibliografie;
detaillierte bibliografische Daten sind im Internet über
http://dnb.d-nb.de abrufbar

Überarbeitete und erweiterte 2. Auflage Juni 2019
Umschlag, Umschlagfoto und Satz:
Armin A. Alexander
Gesetzt aus der Libertinus Serif 11/13 pt (Scribus SVN, Linux)
Herstellung und Verlag:
BoD – Books on Demand GmbH, Norderstedt
ISBN: 978-3-7347-9929-7

http://blog.arminaugustalexander.de

Geheimnisvolles Rendezvous

1.

Erst als er den großen grauen rückseitig mit Karton verstärkten Umschlag mit der übrigen Post auf den Schreibtisch legte, sah er, daß er nicht mit der regulären Post gekommen sein konnte, da nur sein Name in einer ihm unbekannten Handschrift darauf stand, was verständlicherweise seine Neugierde weckte. Er schnitt ihn auf. Er enthielt lediglich ein Blatt rauhes Aquarellpapier.

Es war ausgezeichnet und mit viel Liebe zum Detail gearbeitet. Es zeigte eine große Frau mit einem ausgeprägt femininen Körper und taillenlangen, dichten, dunklen Haaren. Sie stand leicht nach links gewandt im Kontrapost. Sie hielt ein großes, beiges, flauschiges Handtuch vor den Bauch, den Blick halb nach unten gerichtet, das Gesicht von den Haaren verdeckt. Im Gegensatz zur Detailverliebtheit, mit der sie dargestellt war, war der sie umgebende von warmem Licht durchflutete Raum lediglich mit wenigen Strichen angedeutet, die aber genügten, um ein Bad erkennen zu lassen.

Er wendete das Blatt mehrmals, doch es war nicht die Spur einer Signatur vorhanden.

Er setzte sich an den Schreibtisch und nahm es mithilfe einer Lupe näher in Augenschein.

Die Arbeit strahlte eine besondere Erotik aus. Es war offenkundig ein Selbstportrait. Diese Liebe zum Detail war Eigenliebe im positiven Sinn. Sie hatte nichts an sich beschönigt. Der auf den ersten Blick perfekte Körper hatte seine kleinen, angenehmen Fehler. Ihre Brüste beispielsweise – sie fielen schon deshalb ins Auge, weil sie das Handtuch mit der Rechten unmittelbar unter ihnen festhielt – waren keine gleichmäßigen Halbkugeln, sondern gaben unübersehbar der Schwerkraft nach, doch ohne den Eindruck des Hängens zu vermitteln. Die linke zierte außen ein kleines ovales Muttermal. Der Warzenvorhof war relativ groß und dunkel. Die Finger waren schlank und unberingt, mit halblangen, in einem blassen Rot lackierten Nägeln, was mehr der Aquarelltechnik geschuldet zu sein schien, als einer Vorliebe für derartige Rottöne. Mit der Linken hielt sie das Handtuch knapp über dem Schoß fest. Es fiel in weiche Falten zwischen ihren muskulösen Schenkeln hinunter. Die Waden waren angenehm gerundet und die Fesseln schmal. Die Füße kamen dem klassisch-griechischen Ideal nahe, die Nägel im selben Farbton wie die ihrer Finger lackiert. Obwohl sie sich auf den ersten Blick nach dem Baden oder Duschen selbstverliebt abtrocknete, posierte sie unübersehbar für einen bestimmten Betrachter.

Er stellte das Blatt vor den Monitor seines Computers und lehnte sich zurück.

Wer mochte ihm dieses kleine Meisterwerk geschickt haben?

Zuerst dachte er an einen seiner Künstlerfreunde und -kollegen. Was er schnell verwarf.

Zuerst fielen alle Männer heraus. Selbst wenn es kein Selbstportrait wäre, würde kein Mann einen Frauenakt so darstellen, auch wenn man unterstellte, das es keine typisch geschlechtliche Sicht auf den menschlichen Körper gibt. Zum anderen ließ es sich stilistisch niemandem zuordnen – wenn es auch die meisten von der technischen Seite mühelos hinbekämen, das einzig wirklich nicht unumstößliche Argument. Drittens müßten seiner Intuition nach Urheberin und Abgebildete identisch sein. Womit alle ihm bekannten Künstlerinnen gleichfalls ausschieden. Keine besaß taillenlanges dunkles Haar. Die einzige, die langes hatte, war blond und zierlicher als die Abgebildete. Figürlich kamen allenfalls zwei infrage, wenn er auch keine von ihnen bisher nackt gesehen hatte und sie ihr Haar deutlich kürzer trugen. So angestrengt er auch überlegte, ihm fiel niemand ein, die mit der abgebildeten Schönen auch nur einigermaßen Ähnlichkeit besaß.

Es war das Selbstbildnis einer unbekannten Verehrerin, was einerseits seiner Eitelkeit schmeichelte, ihn andererseits beunruhigte, da er keine Vorstellung bezüglich der weiteren Entwicklung besaß.

Er sah sich erneut den Umschlag an. Vielleicht hatte er etwas übersehen. Er stellte ihn auf den Kopf, schüttelte ihn, aber es kam nichts mehr zum Vorschein.

Obwohl er das Blatt bereits mehr als aufmerksam angesehen hatte, untersuchte er es erneut mit der Lupe, mit demselben Ergebnis.

Zu guter Letzt befestigte er das Blatt von einem tiefen Seufzer der Kapitulation begleitet an der Magnetleiste über dem Ruhesofa. Vielleicht würde seine fortwährende Gegenwart ihm eine Eingebung bringen. Diesen Gefallen tat es ihm selbstverständlich nicht. Mehrmals verirrte sich sein Blick zum Aquarell, die Faszination stieg mit der Ratlosigkeit.

Zwei Tage danach erhielt er einen weiteren Umschlag. Es überraschte ihn nicht. Er hatte damit gerechnet. Die übrige Post warf er achtlos auf den Schreibtisch und öffnete den Umschlag mit leicht fahrigen Fingern.

Er enthielt erneut ein Blatt des gleichen Aquarellpapiers. Diesmal saß sie im selben Licht auf dem Rand einer Wanne und cremte sich ein. Sie wandte dem Betrachter stärker als auf dem ersten Blatt das Profil zu. Das rechte Bein war leicht angewinkelt, das linke gestreckt. In der Linken hielt sie einen milchig blauschimmernden fast vollen Flakon, mit der Rechten verteilte sie die Lotion übers rechte Bein. Ihr Bauch warf sich in nicht unschöne leichte, reizvolle Falten. Wieder verdeckte ihr Haar das Gesicht.

Das Blatt war so schön und betörend wie das erste, er meinte sogar eine leichte Steigerung festzustellen. Er betrachtete es ebenso aufmerksam wie das erste, entdeckte aber ebensowenig einen Hinweis auf die Urheberin.

Er befestigte das Blatt neben dem ersten, betrachtete sie zusammen und blieb ratlos. Sicher war nur, daß weitere folgen würden und er lediglich spekulieren konnte, was sie zeigen könnten.

Am nächsten Morgen und über etwas mehr als eine Woche hinweg war täglich in seinem Briefkasten ein Umschlag mit einem Aquarell, manchmal auch mit zweien darin. Am Ende blickten ihm zwölf Aquarelle in zwei Reihen von der Wand entgegen. Auf keinem war der kleinste Hinweis auf die Urheberin zu entdecken.

Aus der Badezimmerszene wurde beim dritten Blatt eine Ankleideszene, begleitet von einem Wechsel des Raumes bei vergleichbarer Lichtstimmung, die wesentlich zu der besonderen Atmosphäre beitrug, die allen Blättern gemeinsam war. Auf diesem hüllte sie den Körper in ein leichtes, kurzes tailliertes Gewand aus bläulichem Organza, unter dem der dunkle Warzenvorhof ihrer Brüste mehr als nur angedeutet sichtbar wurde. Dieses Gewand trug sie auf den weiteren Blättern, wohl wissend, daß ein geschickt mit einem Hauch von Stoff bekleideter Körper verführerischer als ein nackter wirkt.

Aus der Ankleideszene wurde eine Ruheszene auf einem breiten, wiederum nur mit wenigen Strichen angedeutetem Bett. Sie saß, ans Kopfteil gelehnt, ein Kissen im Rücken, das linke Bein ausgestreckt, das rechte angewinkelt, den Blick vom Betrachter abgewandt. Sie schien in Erwartung versunken zu sein. Die Haltung der Finger ihrer Rechten ließ vermuten, daß sie sich zuvor entweder selbst gestreichelt hatte und jetzt innehielt oder jeden Augenblick damit beginnen würde. Die Linke ruhte auf vergleichbare Weise zwischen ihren Brüsten, zu denen sich sein Blick immer wieder hingezogen fühlte, dabei gab es vieles an ihr, das die gleiche Aufmerksamkeit verdiente.

Das folgende Blatt unterschied sich lediglich in Details vom vorhergehenden. Ihre Körperhaltung hatte sich so verändert, daß kein Zweifel mehr daran bestand, daß sie onaniert hatte. Die Intimität steigerte sich.

Auf dem nächsten Blatt, an jenem Tag waren zum ersten Mal zwei im Umschlag, war sie nicht mehr allein. Sie ließen an Deutlichkeit nichts zu wünschen übrig. Der Mann war wie die Umgebung lediglich angedeutet, wenn auch nicht ganz so sparsam. Ausgearbeitet waren lediglich die Partien, die für die jeweilige Szene, in denen sie ohne Ausnahme den aktiven Teil übernahm, wichtig waren. Die Blätter zeigten verschiedene Liebesstellungen in einer Deutlichkeit, die nicht einmal die Fotografie erreichen kann. Doch waren sie in keiner Weise obszön im gewöhnlichen Sinn. Der Betrachter konnte ihre Lust, ihr gegenseitiges Begehren füreinander, sogar ihren Orgasmus nachempfinden. Es gelang ihr das eigentlich Unmögliche; Empfindungen, Leidenschaften zu visualisieren, so daß ein Dritter sie nachvollziehen konnte, als wären es seine eigenen.

Trotz ihres Naturalismus war allen Blättern etwas Traumhaftes gemein.

Es war folgerichtig, daß die dargestellten Szenen ihn bis in die Träume hinein verfolgten. In ihnen sah er sich abwechselnd als Zuschauer und als Beteiligter, letzteres immer häufiger. So oft er es versuchte, es gelang ihm nie, ihr die Haare vom Gesicht zu entfernen. Über die Enttäuschung dieser vergeblichen Versuche erwachte er jedesmal in reichlich konfuser und leicht gedrückter Stimmung. An sich waren es keine Alpträume. Mehr als einmal hatte er dabei das Gefühl, kurz vor einem herrlichen Orgasmus zu stehen, ausgelöst von einer wundervollen und begehrenswerten

Frau. Ohne diese Schöne jemals gesehen zu haben, begehrte er sie längst derart, daß es ihm nur noch unzureichend gelang, sich auf seine Arbeit zu konzentrieren. Zugleich wurde er ratloser. Was sollte eine Verführung, wenn der zu Verführende nicht wußte, wer ihn verführte und ob das Ziel eine Realisierung des Gezeigten war. Irgendwie mußte es weitergehen. Es mußte eine Auflösung geben!

Daran klammerte er sich, umso mehr, weil von einem Tag auf den anderen keine weiteren Blätter mehr kamen.

2.

Seit drei Tagen lag im Briefkasten weder ein Umschlag mit einem neuen Aquarell noch ein Brief, der Aufklärung hätte bringen können, was ihn nicht wenig beunruhigte, schließlich war er überzeugt, daß sie erst der Anfang gewesen waren. Derweil erging er sich in Spekulationen, was diese Unterbrechung verursacht haben könnte, unabhängig vom Grad ihrer Wahrscheinlichkeit, was ihn natürlich keinesfalls beruhigte, da ihm im Gegenzug mindestens ebenso viele Argumente einfielen, weshalb das bislang letzte Aquarell, das tatsächlich letzte sei, was er von der unbekannten Künstlerin hören würde, wobei ihm bewußt war, daß niemand einen derartigen Aufwand betrieb, ohne sich auf irgendeine Weise zu erklären. Mit fruchtlosem Grübeln verbrachte er den dritten Tag ohne Nachricht bis zum frühen Nachmittag. Zum Glück hatte er zurzeit keinen Auftrag, dessen Abgabe kurz bevorstand.

Als es an seiner Tür klingelte, fuhr er zusammen. Leicht aufgeregt öffnete er.

»Ach, du bist es«, entfuhr es ihm erleichtert und enttäuscht zugleich.

Er wußte nicht, mit wem oder was er gerechnet hatte. Er war derart in seine Szenarien vertieft, daß er die reale Außenwelt aus seiner Wahrnehmung weitgehend verbannt hatte. Für einen Augenblick hatte er tatsächlich angenommen, es könnte die Urheberin der Aquarelle sein oder zumindest eine Nachricht von ihr.

»Danke für die charmante Begrüßung«, meinte Marlies leicht pikiert. »Wenn das so ist, kann ich ja wieder gehen.«

Sie wollte wahrhaftig auf dem Absatz kehrt machen, was er durch eine mehr als herzliche Umarmung verhinderte, die im Gegensatz zu seiner ersten Reaktion auf ihr Erscheinen stand. Er zog sie richtiggehend in die Wohnung, was sie erst recht mißtrauisch werden ließ.

Sie löste sich sanft aber bestimmt aus seinen Armen und ging ins Wohnzimmer, wo sie ihre große schwarzlederne und schon leicht abgestoßene Umhängetasche neben die Couch stellte. Sie setzte sich, die Beine mit der ihr eigenen Mischung aus Koketterie und Damenhaftigkeit übereinanderschlagend.

»Ich dachte, ich besuche dich mal wieder, nachdem du länger nichts von dir hast hören lassen.« Der Vorwurf war unüberhörbar.

Er setzte sich leicht verkrampft und leicht schuldbewußt ihr gegenüber auf die Lehne des Sessels.

So gerne er sich am Anblick ihrer schönen langen Beinen mit den muskulösen Schenkeln und den schmalen Fesseln erfreute, im Augenblick stand ihm nicht der Sinn danach. Daher fiel ihm auch nicht auf, daß ihr burgunderfarbener knielanger Lederrock neu war, der sich um ihre, für ihren sportlich schlanken Wuchs etwas zu breiten Hüften, die sie mochte, betörend schmiegte. Ebensowenig achtete er auf ihre zarten schwarzen Nylons – sie war eine der wenigen Frauen, die er kannte, die ausschließlich Strümpfe trug – ihre gleichfalls neuen und farblich zum Rock passenden High-Heels und ihr wie gewöhnlich enganliegendes, dekolletiertes Oberteil, das ihren mütterlichen Busen auf exhibitionistische Weise betonte. Dabei teilte er ihr Faible für enge Lederröcke, Nylons und High-Heels, daher entging ihr seine derzeitige ›Ignoranz‹ nicht, zumal er für sie ein offenes Buch war.

Sie strich sich eine ihrer schulterlangen schwarzen Locken aus der Stirn und musterte ihn nachdenklich.

Noch bevor sie etwas zu seiner ungewohnten Unaufmerksamkeit ihren weiblichen Reizen gegenüber sagen konnte, erzählte er bereits von den Aquarellen, die er bisher niemandem gezeigt hatte, sie waren ihm zu persönlich. Er erzählte ihr nicht nur davon, weil er ihr Urteil in Kunstdingen schätzte, sondern sie für ihn auch ein ›Beichtvater‹ war. Eine Position, die sie wechselseitig einander gegenüber einnahmen. Schon nach dem ersten Satz seiner etwas umständlichen Einleitung verzieh sie ihm seine vermeintliche Unaufmerksamkeit.

»Geil«, rief sie beim Anblick der in zwei Reihen an den Magnetleisten hängenden Aquarelle aus und betrachtete sie aufmerksam, während er hinter ihr stand und mit gemischten Gefühlen auf ihr Urteil wartete.

Er fühlte sich wie jemand, der zum ersten Mal seine Werke, in die er viel Arbeit gesteckt hatte, einem fachlich versierten Publikum zeigte und selbst nicht so recht wußte, wo er sich einordnen konnte und sollte.

Sie ließ sich mit dem Anschauen Zeit, was seine innere Unruhe nicht gerade minderte.

Wäre er ausgeglichener gewesen, wäre ihm nicht entgangen, daß sie die Blätter nicht allein mit den Augen der Kunstkennerin betrachtete, sondern mehr mit denen der Voyeurin, der Genießerin erotischer Frauendarstellungen. Er dachte nicht einen Augenblick daran, daß die dargestellte Schöne weitgehend dem Frauentyp entsprach, den sie bevorzugte.

»Die sind wirklich ausgezeichnet«, war sie vorbehaltlos begeistert und sah ihn mit glänzenden Augen an. »Die Künstlerin versteht etwas von ihrer Arbeit.«

»Wieso kommst du darauf, daß sie von einer Frau sind?« fragte er etwas erstaunt, obwohl er keinen Moment an dieser Tatsache zweifelte und sicher war, daß jeder dieselben Schlüsse ziehen mußte.

»Weil nur eine Frau diese spezielle Sicht hat, auch wenn das vielleicht etwas altfeministisch klingen mag. Fraglos steht die dargestellte Schöne im Mittelpunkt. Für mich sind es unzweifelhaft selbstverliebte Selbstportraits. Sie ist mit ihrem Körper in Einklang, weil sie weiß, welche Lust, welch schöne Gefühle er ihr bereiten kann. Das ist gut an der Haltung auf dem ersten Blatt zu sehen, wie sie sich eincremt auf dem zweiten, wie sie sich anzieht, wie sie onaniert, wie sie diesen Mann vögelt, der unzweifelhaft Beiwerk ist. Was sich daran zeigt, daß er nur grob skizziert ist. Wenn sie in ihm auch kein reines Objekt, keinen lebenden Dildo sieht. Man könnte auf den Gedanken kommen, daß sie dich darstellt«, fügte sie mit einem schelmischen Augenzwinkern hinzu.

»Zu dem Schluß bin ich auch schon gekommen.«

»Was? Daß *er du* bist?« verstand sie ihn absichtlich miß.

»Das meinte ich damit nicht«, sagte er ungewollt streng und verzog etwas säuerlich das Gesicht.

Er war gegenwärtig nicht in der Stimmung für ihre üblichen kleinen Neckereien.

»Warum fragst du mich dann?« entgegnete sie etwas kühl und warf den Kopf leicht affektiert zurück.

»Weil ich deine unabhängige fachliche Meinung hören wollte. Weil ich dein Urteil schätze, nicht nur in Kunstfragen«, sagte er eine Spur zu versöhnlich. Er stritt sich ungern mit ihr und schon gar nicht über Kleinigkeiten. Trotz aller Abgeklärtheit, die sie gerne zur Schau trug, war sie sensibel und verstand leicht etwas miß. Wenigstens hielten diese gelegentlichen Verstimmungen nie länger als einige Augenblicke an.

»Schleimer«, meinte sie mit einem breiten Grinsen und einem koketten Augenaufschlag, der ihre Aussage relativierte, denn sie mochte seine Komplimente, die oft platt klangen, aber ehrlich gemeint waren.

»Sie sind unübersehbar nach der Natur gearbeitet«, nahm sie den Faden ihrer Argumentation wieder auf. »Sie beherrscht die Technik des Aquarells wie nur wenige. Man glaubt, einen alten Meister vor sich zu haben.«

»Denkst du an einen bestimmten?« An eine solche Parallele hatte er nicht einen Augenblick gedacht.

»Nein, an niemand Bestimmtes. Es ist die Perfektion, die mich darauf bringt. Sie sind nicht für eine Öffentlichkeit gedacht, sondern für eine bestimmte Person. Diese Blätter sollen nur zwei Leute sehen; die, die sie gemacht hat und die, für die sie bestimmt sind. Zumindest die eine ist mir bestens bekannt: DU!« Sie bohrte ihm dabei spielerisch den Zeigefinger in die Brust.

»Das ist mir klar.« Er hielt ihre Hand fest, denn es tat weh.

»Wenn dir das alles klar ist, warum zeigst du mir die Blätter dann?« Sie tat, als verstehe sie ihn nicht und entzog ihm die Hand aus seinem nicht allzu festen Griff.

»Weil ich, wie schon gesagt, dein fachliches Urteil hören wollte«, wiederholte er leicht ungehalten, womit sie sich aber nicht zufriedengab.

»Wenn es dir darum geht, hättest du auch Francesca oder Marietta fragen können.«

»Marietta auf keinen Fall, das weißt du genau«, war seine Reaktion ungewollt heftig.

»Weil sie scharf auf dich ist?«

»Weil sie nervig und launisch bis zum Exzeß ist.«

»Für eine Zeitlang hatte ich den Eindruck, daß ihr auf dem besten Weg ward, daß sich etwas zwischen euch entwickelte.«

»Hattest nicht nur du. Aber wenn du Marietta näher kennenlernst, so gut wie ich sie kennengelernt habe, möchtest du sie nur noch von weitem sehen.«

»Sicher, sie ist eine etwas temperamentvolle Frau«, meinte sie beschwichtigend, obwohl sie seine heftige Ablehnung immer noch nicht nachvollziehen konnte. Vielleicht würde er ihr ein anderes Mal seinen ›Leidensweg‹ mit Marietta ›beichten‹. »Vor allem sie ist eine dieser schönen stattlichen Frauen, deren erotische Ausstrahlung körperlich spürbar ist und deren Gegenwart einen heiß durchläuft, da sie keinen Zweifel daran lassen, daß sie bei der Liebe gerade das Außergewöhnliche zu genießen verstehen und auch einfordern. Die wenigen Male, die wir Gelegenheit hatten, miteinander zu sprechen, sind mir jetzt nicht wirklich unangenehm in Erinnerung geblieben. – Ihr habt tatsächlich noch nie miteinander gefickt?« Sie bevorzugte bezüglich des Sexuellen eine lautmalerische deftige Sprache, die ihr derart selbstverständlich über die Lippen kam, daß sich nur selten jemand daran störte.

»Schön, daß du stets an die höheren Dinge im Leben denkst.« Kaum hatte er es gesagt, tat es ihm bereits leid, physisch war er Marietta gegenüber ja in keiner Weise abgeneigt, im Gegenteil. Versöhnlich fuhr daher er fort: »Wir waren zweimal kurz davor, unsere Beziehung zu vertiefen. Aber jedesmal bekam sie offensichtlich Angst und verhielt sich alles andere als – fair – sagen wir es mal so. Gut, ich war zuvor wohl etwas zu zögerlich und sie vielleicht allzu ungeduldig gewesen. Sobald bei ihr auf Anhieb etwas nicht so läuft, wie sie es sich vorstellt, läßt sie ihrer Enttäuschung bisweilen reichlich barsch freien Lauf. Letztlich bin ich froh, gezögert zu haben. So erotisch reizvoll sie in ihrer wundervollen Üppigkeit auch sein mag, das Verhalten, das sie mitunter an den Tag legt, kühlt die Leidenschaft für sie deutlicher ab, als es ein Kübel Eiswasser je könnte, der über einen geschüttet wird.«

»Ich dachte immer, Frauen mit starker Persönlichkeit würden dich besonders reizen«, meinte sie spöttisch, aber sie schien ihn zu verstehen. »Ich vermute, daß sie jemanden sucht, der ihr zeigt, wo's lang geht. Wundern würde mich das bei ihrer provokativen Art nicht. Es gibt Frauen, die wünschen sich eine starke männliche Hand, die bei Bedarf schon einmal ausrutschen darf und auch sollte. Sie lieben den Machtkampf, sie brauchen Reibungsfläche. Das sind selten Frauen, die ihr Leben scheinbar nicht im Griff haben. Leider bist du dafür der falsche. Du bist oftmals zu höflich und rücksichtsvoll. Es wundert mich nur, daß sie das nicht sofort erkannt hat. Aber wenn die Hormone die Führung übernehmen, hat der Verstand meist das Nachsehen. Frauen sind da nicht anders als Männer. Ich habe ohnehin den Eindruck, daß Frauen diesbezüglich mit Enttäuschungen schlecht umgehen können. Du bist ein unverbesserlicher Romantiker, der am liebsten der geliebten Frau jeden Wunsch von den Augen abliest und seine Erfüllung darin findet, sie nach allen Regeln der Kunst zu verwöhnen, sie sozusagen auf Händen zu tragen, sich aber auch nicht scheut, sie richtig durchzuficken, wenn es ihr guttut. Es gibt kaum eine Frau, die zu ihrem Sexualtrieb steht, die sich nicht hin und wieder von einem Mann wünscht, so richtig schön durchgefickt zu werden. Du brauchst letztlich eine Frau, die es genießt, wenn ein Mann ihr bereitwillig zu Füßen liegt, und der seine eigene – sexuelle – Erfüllung darin findet, sie nach allen Regeln der Kunst, besonders im Sexuellen zu verwöhnen.«

Er enthielt sich einer Antwort. Sie mochte mit ihrer Einschätzung weitgehend richtig liegen, doch hatte er wenig Lust, mit ihr das Thema Marietta zu vertiefen, da er spürte, daß er, ohne es bewußt gewollt zu haben, alles andere als unschuldig an der Entwicklung zwischen Marietta und ihm war.

»Und warum nicht Francesca?« insistierte Marlies nach einer kurzen Pause, während sie zwei der Aquarelle, auf denen die unbekannte Schöne mit dem Mann Sex hatte, näher angesehen hatte.

»Weil ich mit Francesca nicht so gut befreundet bin wie mit dir und darum nicht glaube, derart private Dinge mit ihr besprechen zu können.«

»Dein Vertrauen ehrt mich«, war sie mit dieser Antwort ebensowenig zufrieden. »Bisher dachte ich, zwischen dir und Francesca wäre etwas, wenn auch nur gelegentlich.«

»Wie kommst du jetzt darauf?« Er war leicht genervt, weil sie ihm offenbar unterstellte, daß er mit jeder Frau, deren Gesellschaft ihm angenehm war, etwas haben müßte, selbst wenn er es sich in seinem tiefen Inneren manchmal wünschte.

»Zum einen stehst du auf atemberaubend schöne Südeuropäerinnen mit mütterlichem Busen. An feuriger Leidenschaft übertrifft sie selbst Marietta, da sollten deine Hormone eigentlich Purzelbäume schlagen vor Begeisterung ... aber gut – und zum anderen baggerst du ziemlich heftig an ihr herum, wenn ihr euch begegnet. Zudem scheint sie dich auch nicht gerade als Heimsuchung zu empfinden.«

»Danke für die Blumen«, meinte er trocken.

Nicht daß es ihm unangenehm gewesen wäre. Aber trotz aller Sympathie, die zwischen Francesca und ihm zweifelsohne vorhanden war, aber sie besaß einige Eigenheiten, die für sich genommen unerheblich waren und über die leicht hinweggesehen werden konnte, für ihn aber in einer so unglücklichen Kombination bei ihr auftraten, daß es ihm unmöglich schien, sich intimer mit ihr einzulassen. Ihm war bewußt, daß andere und besonders Marlies verständnislos den Kopf darüber schütteln würden, würde er ihnen von seinen Vorbehalten erzählen. Manchmal konnte er selbst nicht fassen, wie sehr ihn diese störten und sie eigentlich nicht der Rede wert waren, aber sie hatten sich zu sehr bei ihm eingenistet, als daß er noch in der Lage war, sie zu ignorieren. Nur eine oder zwei dieser Eigenschaften weniger und ihm wäre nichts lieber, als mit ihr zusammenzusein, sexuell fühlte er sich ebenso stark von ihr angezogen wie von Marietta. Zum Glück erkundigte Marlies sich nicht nach seinen Vorbehalten. Sie war mit ihren Gedanken bereits woanders.

»Ich frage mich gerade, ob es nicht Francesca sein könnte, von der Figur könnte es hinkommen.«

»Francescas Haare sind erheblich kürzer und lockiger. Außerdem ist sie kleiner.«

»Das sind keine Fotos! Wenn die Proportionen stimmen und keine Bezugsgröße vorhanden ist, kann man sich sehr leicht verschätzen, wenn die Person nicht gerade außergewöhnlich klein oder groß ist. Soviel ich weiß, stimmen sie bei Francesca auf geradezu ideale Weise.«

»Das mag sein. Doch sind wir nicht übereingekommen, daß es sich um eine weitgehend realistische Darstellungen handelt?«

»Ich glaube auch nicht ernstlich, daß die Aquarelle Francesca darstellen und von ihr sind. Sie passen nicht zu ihr. Dafür ist sie trotz aller Leidenschaftlichkeit irgendwo zu nüchtern.«

»Das sagt nicht unbedingt etwas aus.« Er sah sich aus einem unerfindlichen Grund genötigt, Francesca in Schutz zu nehmen, da seine Abneigung ihr gegenüber so weit nun doch nicht ging.

»Sobald es das Erotische betrifft, steckt in den meisten von uns ein Mr. Hyde – in diesem Fall wohl eher eine Mrs. Hyde.«

»›Es wohnen zwei Seelen, ach, in meiner Brust‹«, deklamierte Marlies übertrieben pathetisch. »Schon möglich. Wenn auch Stevensons Romanfigur eher für das Düstere im Menschen und nicht für die sinnliche Leidenschaft, fürs Genießen, für die Lust steht.«

»Noch zu Stevensons Zeit gehörte die sexuelle Leidenschaft zu den düsteren Seiten im Menschen«, korrigierte er sie leicht schulmeisterlich. »Bei nicht wenigen auch heute noch.«

Sie ging nonchalant darüber hinweg, vielleicht hatte sie auch nicht darauf geachtet.

»Mein Einwand bezüglich des Nüchternen bezog sich in keiner Weise auf ihre Erotik. Niemand, der sie etwas kennt, würde so etwas zu behaupten wagen, sondern darauf, daß sie dir ihre Absichten prosaischer mitteilen würde. Davon abgesehen geschähe es auch etwas spät, immerhin kennt ihr euch schon einige Zeit. Zudem bezweifle ich, daß sie derart gut aquarellieren kann. Sie mag vieles sein und können, aber sicherlich keine begnadete Künstlerin. Zumindest habe ich noch nicht gehört, daß sie über *derartige* Talente verfügt.«

Da konnte er ihr nicht widersprechen. Könnte sie so gut aquarellieren, hätte es sich längst herumgesprochen. Diese Möglichkeit schied auf jeden Fall aus.

»Du hast wirklich keine Idee, wem du sie aus stilistischen Gründen zuordnen könntest?« Er klang hilflos.

»Nicht die geringste. Und dir fällt auch keine Künstlerin aus deinem Bekannten- und Freundeskreis ein, von der die Arbeiten sein könnten?«

»Keine, die ich kenne, kaum vom Stil und schon gar nicht vom Äußeren her. Die einzige mit langen Haaren ist blond und zierlicher, außerdem würde sie ihre erotischen Avancen an meine Adresse anders formulieren, wenn sie es überhaupt täte.«

»Warum würde sie es nicht tun?« Sie fragte unverschämt wißbegierig.

»Wie gut, daß du nicht neugierig bist.« Er seufzte ironisch.

»Finde ich auch«, sagte sie entwaffnend.

Er unterdrückte einen weiteren Seufzer und sagte, da sie andernfalls von diesem Thema nicht ablassen würde: »Weil sie glücklich verheiratet ist und eine Tochter hat.«

»Vielleicht ein Grund, aber sicherlich kein Hindernis. Es ist nun wirklich nichts Neues, daß nicht wenige Ehen allein auf dem Papier bestehen, aus den unterschiedlichsten Gründen und sei es nur, bis die Kinder aus dem Haus sind. Man hat sich arrangiert. Jeder pflegt seine Beziehungen, oft ohne daß der andere davon weiß oder, was ich in der Regel als wahrscheinlicher betrachte, nichts wissen will. Ich unterstelle damit nicht, daß es bei jener Frau der Fall sein könnte. Davon abgesehen gibt es genug Paare, die eine sogenannte offene Beziehung führen, oder gleich polyamorös leben.«

Er ging nicht weiter darauf ein. Er konnte sich des Gefühls nicht erwehren, daß sie ihn in bestimmten Dingen nicht sonderlich Ernst nahm. Schließlich wußte sie, daß er wenig Lust hatte, eine Beziehung mit einer verheirateten Frau einzugehen. Das eine Mal vor einigen Jahren, zu dem er sich hatte hinreißen lassen, genügte ihm. Man war und blieb das fünfte Rad am Wagen, so leidenschaftlich die Beteuerungen der Gegenseite auch ausfielen, war seine Überzeugung. Polyamorie hielt er an sich für eine gute Idee, aber in der Praxis als nur schwer realisierbar, was der Anlaß zu teils heftigen Diskussionen mit Marlies gegeben hatte, die darin eine konstruktivere Auffassung vertrat, und Polyamorie auch relativ erfolgreich lebte.

»Stilistisch ist nicht unbedingt ein Beweis. Sie muß nicht für die Öffentlichkeit so arbeiten«, kam sie nach kurzer Selbstversunkenheit wieder zum eigentlichen Thema zurück.

»Das haben wir bereits mehrmals festgestellt«, sagte er leicht ungeduldig, es schien nicht, als kämen sie gemeinsam weiter, als er allein. »Dennoch meine ich, daß zumindest einige Ähnlichkeiten mit ihrem bisherigen Werk bestehen sollten.«

»Denk an Picasso, der hat auch mehrmals seinen Stil gewechselt«, warf sie nicht sehr ernsthaft ein.

»Ja, ich weiß, bei jeder neuen Frau«, entgegnete er auch nicht unbedingt ernsthaft.

»Wenn man diese Motivation als einzigen Anlaß, den Stil zu wechseln, zugrunde legt, wird die Anzahl deiner Stile sehr überschaubar bleiben«, bemerkte sie süffisant.

»Was soll das jetzt heißen?«

Machte sie eine derartige Anspielung, sollte sie auch eine plausible Begründung zur Hand haben. Es bereitete ihm durchaus Freude mit ihr zu diskutieren, aber im Augenblick stand ihm nicht der Sinn danach. Zumal hinter manch ihrer Neckerei eine gar nicht so neckende Einstellung stand.

»Gib zu, daß dein Liebesleben derzeit alles andere als aufregend ist. Sicher, du lebst nicht gerade wie ein Asket. Aber du nutzt längst nicht deine Möglichkeiten, was bei einem Mann, der derart gerne Sex hat und im Ruf als einfühlsamer Liebhaber steht, der dem Ungewöhnlichen viel abgewinnen kann, was für eine Frau allein schon ein Argument für einen Mann darstellt, schon etwas widersprüchlich ist. Und mit Möglichkeiten meine ich jetzt nicht nur Francesca und Marietta. Im Gegensatz zu euch Männern hat man uns Frauen nicht beigebracht, einen gegebenen Korb sang- und klanglos als unvermeidliches Schicksal zu akzeptieren. Wenn wir einen Mann ficken wollen, erwarten wir, daß er es mit sich machen läßt. Ist dir nie der Gedanke gekommen, daß du eine Frau mit einer Ablehnung ohne einen triftigen Grund dafür anzugeben, kränken könntest, sie an ihrer sexuellen Attraktivität zweifeln läßt? Was ist mit jener verheirateten Blondine, deren Name du mir nicht nennen willst? Bist du sicher, daß sie wirklich monogam ist? Oder ob sie sich nicht gerne etwas Abwechslung neben ihrer, so weit ich dich verstanden habe, unbestreitbar glücklichen Ehe, gönnt? Daß ihre Ehe aus diesem Grund so harmonisch nach Außen wirkt? Selbst wenn das Essen zu Hause noch so exquisit sein sollte, so wird man immer wieder das Bedürfnis besitzen, hin und wieder auswärts zu essen, der Abwechslung halber und sei es nur Currywurst mit Fritten. Du weißt, daß du ein Mann bist, mit dem selbstbewußte und unabhängige Frauen gerne Sex haben. Hin und wieder ergreifst du ja auch die Gelegenheit, doch zu wenig, wie ich finde. Womit ich nicht sagen will, daß du nun mit jeder Frau ficken sollst, die sich von dir angezogen fühlt.«

Er verdrehte leicht enerviert die Augen. Auf dem Thema ritt sie oft und gerne herum, es sei denn, er befand sich in einer Beziehung, die in der Vergangenheit sporadisch und von kurzer Dauer waren. Es gab Momente, da war sie für sein Empfinden zu sehr um sein persönliches Wohlergehen besorgt, zumal ihm ihr Hinweis auf seine Fähigkeiten als Liebhaber unangenehm war. Seiner Überzeugung nach war es selbstverständlich auf den Partner einzugehen.

»Du kennst meine Einstellung«, erwiderte er kühl, ihr damit zeigend, daß er nun wirklich nicht in der Stimmung war, darüber erneut einen fruchtlosen Disput zu führen.

»Ich wollte es nur gesagt haben«, meinte sie mit einem Achselzucken, das unverkennbar einem ›Wenn du nicht willst, dann siehe doch zu, wie du zurechtkommst‹ entsprach.

Für sein Empfinden hatte er in den zurückliegenden Jahren zu viele Affären gehabt, womit er jede Beziehung bezeichnete, die höchstens zwei bis drei Monate dauerte, was in seinen Augen nicht wenig auch seiner Sanftmut geschuldet war, weil er es nicht übers Herz brachte, dem charmanten Werben einer Frau um eine kurze Liaison eine Absage zu erteilen, selbst wenn er sicher sein konnte, daß nie mehr sein würde.

»Wie lange bekommst du die Aquarelle schon?«

»Seit etwas mehr als einer Woche.«

»Es war niemals eine Nachricht dabei?« Es fiel ihr sichtlich schwer, das zu glauben.

»Nicht eine Zeile.«

»Das sieht wahrhaftig nach einer geheimnisvollen Verehrerin aus«, meinte sie mit einem sehnsüchtigen Seufzer. »Warum bekomme ich keine so schönen Bilder von einer Verehrerin.«

»Vielleicht hast du die falschen Verehrerinnen«, sagte er unverschämt grinsend, als Retourkutsche auf vieles und nichts Konkretes, und letztlich auch leicht von Stolz erfüllt, daß eine Frau seinetwegen einen derartigen Aufwand trieb.

»Arschloch«, erwiderte sie mit Wärme und hieb ihm die Faust spielerisch aber dennoch schmerzhaft in die Seite.

Sie betrachten die Aquarelle schweigend, bevor sie ihn freundlich und mit leicht schiefgelegtem Kopf anlächelte.

»Und nun, mein Lieber, sei so gut und fick’ mich! Ich habe für dich einen neuen Lederrock angezogen, der eingeweiht werden will. Offensichtlich ist dir das noch gar nicht aufgefallen.«

Er unterdrückte ein Schmunzeln. Sie tat immer, als würde sie das, worin er eine Frau gerne sah, nur seinetwegen anziehen, dabei besaß sie einen Fetisch für Lederröcke, von denen sie Dutzende in verschiedenen Längen und Farben besaß. Sie mochten beide, war eine Frau beim Sex verführerisch in einen Lederrock, Nylons und High-Heels gekleidet. Sie liebte es, wenn er sich dabei über ihren in Leder gehüllten Hintern ergoß.

Sie hatten gelegentlich Sex miteinander, was so gut wie immer von ihr ausging, wobei oft Monate dazwischen lagen. Er betrachtete es als ›Freundschaftsdienst‹, da er ihren gelegentlich Wunsch nach heterosexueller Sexualität ›erfüllte‹. Er wußte, daß er neben ihren meist schönen üppigen Frauen, seit vielen Jahren der einzige Mann war, mit dem sie Sex hatte. Dieses Wissen gab ihm das Vertrauen, daß ihre Freundschaft, die ihm sehr wichtig war, niemals Gefahr lief, in eine Beziehung hinüberzugleiten und somit womöglich ihrem Ende entgegen.

3.

Marlies' Besuch hatte seine innere Unruhe zwar besänftigten, aber nicht zerstreuen können. Wie gewöhnlich nach Sex mit ihm war sie über Nacht geblieben. Sie wußte seine Ausdauer zu schätzen und nutzte sie auch weidlich aus, was seinem Bedürfnis entgegenkam, einer Frau bis zum Rand der physischen Möglichkeit sexuell zu Diensten zu sein, was, wie bei den meisten körperlichen Betätigungen die Leistungsfähigkeit bis zu einem bestimmten Grad steigerte.

Auch an diesem Tag erhielt er keine Nachricht der schönen Unbekannten, ebensowenig am darauffolgenden. Eine Woche ohne Benachrichtigung verging. Marlies rief fast täglich an, um sich ›nach dem Stand der Dinge zu erkundigen‹, wie sie sich ausdrückte. Anteilnahme von Freunden ist etwas Schönes, kann mitunter aber reichlich lästig werden.

Die schöne Unbekannte beherrschte fast alle seine Gedanken. Seine größte Befürchtung war, nie zu erfahren, weshalb er diese zwölf sinnlichen Blätter erhalten hatte, was ihn mehr als einmal des Nachts schweißgebadet aufwachen ließ.

Eine Woche nach dem letzten Aquarell lag ein Standardumschlag in seinem Briefkasten. Daß er von IHR sein mußte, erkannte er an der Handschrift, in der sein Name geschrieben war. Mit nervösen Fingern, zwischen Erleichterung und Furcht hin und her pendelnd, schließlich konnte er auch eine für ihn wenig angenehme Erklärung enthalten, riß er den Umschlag noch am Briefkasten auf.

Auf einem Blatt handgeschöpften Schreibpapier stand kunstvoll mit einer Kalligraphiefeder geschrieben:

Du fragst Dich sicher seit einer Woche, was nach diesen Aquarellen kommen wird. Geduld! Nicht mehr lange und Du erfährst es.

Er las den Text mindestens dreimal hintereinander, obwohl er kaum mißzuverstehen war.

Erst als er vor seinem Schreibtisch stand, wurde ihm bewußt er, daß er beim Lesen die Treppe hinauf in die Wohnung zurückgegangen war.

Anstatt ihn diese Ankündigung beruhigte, steigerte sie seine Nervosität.

»Wieso läßt sie dich damit über ihre wahren Absichten im Dunkeln?« Marlies, die er anrief, da er mit jemanden reden mußte, konnte seinem Gedankengang nicht folgen. »Das ist doch so klar wie dicke Tinte; die Frau steht ungeheuer auf dich und will nur *Eines* von dir, das aber auf eine Weise, die sicherlich nicht nur mich vor Neid erblassen läßt.«

Vermutlich hatte sie recht, aber Skepsis war sein zweiter Vorname. Er diskutierte daher nicht weiter mit ihr.

Wie dem auch sei, er *mußte* die Urheberin dieser Aquarelle kennenlernen! Es war nicht allein die schöne geheimnisvolle Frau, als die sie sich darstellte, die Schöpferin einer einfühlsamen Erotik, sondern der Wunsch, derjenigen zu begegnen, die in der Lage war, sich so etwas auszudenken und durchzuführen. Er fieberte mehr als zuvor dem Tag entgegen, an dem er die angekündigte Aufklärung erhalten sollte.

Drei Tage verstrichen. Drei Tage, die ihm unendlich lang erschienen und während denen er sich erneut unzählige Male die Zeichnungen ansah und den Brief mehrfach las. Die Phasen zwischen den einzelnen Briefen waren lang genug, um seine Erwartung auf einem gleichbleibend hohen Niveau zu halten, und nicht die Gefahr bestand, daß er das Interesse verlor.

Als er schließlich einen gepolsterten Umschlag mit der bekannten Handschrift, in dem ein harter Gegenstand war, aus dem Briefkasten holte, war er gleichermaßen erleichtert und aufgeregt. Er riß das Kuvert auf und herausfielen zwei an einem Ring befestigte Schlüssel und ein Zettel mit dem Inhalt:

Komme morgen um 14 Uhr zur Alten Bergstraße Nr. 13, zweiter Stock rechts. Dort wirst Du erfahren, wer Dir diese Blätter geschickt hat.

Obwohl er damit endlich etwas Konkretes in der Hand hielt, trug es nur wenig zu seiner Beruhigung bei, da ihn nun die Frage beschäftigte, was ihn erwartete, obwohl es nicht allzu viele Möglichkeiten gab.

Den Rest des Tages verbrachte er in innerer Anspannung. Marlies meldete sich glücklicherweise nicht. Er verspürte wenig Lust, sich ihre durchaus gutgemeinten Ratschläge anzuhören.

Während der Nacht schlief er unruhig. In seinen Träumen durcheilte er verschiedene, ihm unbekannte Häuser mit weitläufigen Wohnungen und endlos erscheinenden Fluren, an den Wänden die Aquarelle überlebensgroß. Die dargestellten Szenen wurden lebendig, sobald er sie betrachtete. Er begegnete schönen Frauen, die er von hinten oder verschwommen sah, einige besaßen eine auffallende Ähnlichkeit mit Marietta oder Francesca, die aber beim Hinsehen verschwand, und die er nicht erreichen konnte, was ihn mit einem Gefühl grenzenloser Angst erfüllte und ihn schweißgebadet aufwachen ließ.

Reichlich zerschlagen stand er am späten Morgen auf und duschte ausgiebig, was sein seelisches Gleichgewicht einigermaßen wiederherstellte.

Es war ein bilderbuchhafter Frühlingstag, wie geschaffen für ein geheimnisvolles Rendezvous mit einer faszinierend schönen Frau. Die Vögel gaben ihr liebliches Konzert, das Grün sprießte und die Blüten zeigten sich in voller Pracht.

Nach einem Blick in den Stadtplan stellte er fest, daß die *Alte Bergstraße* nicht so weit vom Zentrum entfernt lag, wie er vermutet hatte. Es war eine ruhige Seitenstraße. Man konnte sich nur einen Steinwurf von einer belebten Kreuzung befinden und zugleich das Gefühl haben, in einer Oase der Ruhe zu leben. Er wohnte vergleichbar.

Nummer 13 erwies sich als älteres gepflegtes Haus mit einem kleinen leicht verwilderten Vorgarten, der zum Gehweg hin von einer niedrigen rauhverputzten Mauer abgegrenzt wurde. Die Seiten des schmalen Weges, dessen Betonplatten verschiedentlich Sprünge aufwiesen, flankierte eine frisch auf Höhe der Mauer gestutzte Hecke. Er ging die drei Stufen zum Eingang hinauf, der ein Stück hineingebaut war, so daß er ausreichend vor der Witterung geschützt war. Neben jeder Klingel, insgesamt sechs, somit zwei Wohnungen je Etage, war ein Namensschild angebracht mit einer Ausnahme, was ihn nicht wunderte.

Er versuchte einen der beiden Schlüssel. Der erste paßte, was er als gutes Omen betrachtete. Wie jeder moderne Mensch war er grundsätzlich nicht abergläubisch, außer es schien angebracht.

Er trat in einen kühlen Hausflur. Ein langer, halbdunkler Gang führt zur Treppe, die im zum Hof hinausschauenden Teil des Hauses war. Das Treppenhaus wurde von großen Fenstern hell erleuchtet.

Während er die Stufen mit klopfendem Herzen hinaufstieg, begegnete er niemandem. Auf dem letzten Absatz vor der betreffenden Etage blieb er am Flurfenster stehen, dessen rechter Flügel geöffnet war. Er schaute in einen Hof, in dem auf einem vermoosten Rasen drei uralte Linden und verschiedene, verwachsene blühende Sträucher wuchsen. Der Rasen grenzte an die Rückfront einer Reihe niedriger mit Dachpappe gedeckter Garagen, die den Hof des gegenüberliegenden Hauses begrenzten. In den Linden hatten sich Vögel niedergelassen, die mit ihrem Gesang den Hof erfüllten und ihn zu einem Idyll werden ließen.

Er riß sich von dem beruhigenden Anblick los und ging die letzten Stufen hinauf.

An der betreffenden Tür war ebenfalls kein Namensschild.

Nachdem er tief durchgeatmet hatte, schloß er die Tür mit dem zweiten Schlüssel auf und trat in eine dunkle Diele. Gewohnheitsgemäß taste er nach dem Lichtschalter. Er fand und betätigte ihn. Aber die Diele blieb dunkel. Er sah nach oben, die von der Decke herabhängende Fassung war bar jeder Glühbirne, soviel ließ sich durch das aus dem Treppenhaus hereinfallende Licht erkennen.

Er schloß die Tür hinter sich. Nachdem sich seine Augen einigermaßen ans Halbdunkel gewöhnt hatten, erkannte er vier geöffnete Türen, durch die genügend Licht hereinfiel, so daß er sich bewegen konnte, ohne irgendwo anzustoßen, wobei diese Gefahr gering war, denn die Diele war bis auf drei Garderobenhaken links neben der Eingangstür leer. Er steckte den Schlüssel in die rechte Jackentasche und betrat den ersten Raum, die Küche.

Eine eingebaute Küchenzeile und ein kleiner Tisch mit zwei Stühlen bildeten die Möblierung. Ein leises monotones Brummen zeigte, daß der Kühlschrank in Betrieb war. Er öffnete ihn. Auch hier war die Glühbirne ausgebaut. Er war leer bis auf eine ungeöffnete Flasche Mineralwasser.

Der Grund für das Dämmerlicht waren die heruntergelassenen, aber leicht geöffneten Jalousien und die dicht zugezogenen Vorhänge. Das durch die Ritzen der Jalousie fallende Sonnenlicht warf auf die Rückseite der Vorhänge helle Streifen, die sich im Luftzug des gekippten Fensters leicht bewegten.

Er versuchte den Vorhang aufzuziehen, aber es gelang nicht. Er war so in der Gardinenleiste festgestellt, daß es sich ohne Hilfe einer Leiter und Werkzeug nicht ändern ließ. Ebenso widersetzte sich die Jalousie seinen Versuchen, sie zu hochzuziehen. Sie war gleichermaßen trickreich fixiert.

Er verließ die Küche und ging in das Zimmer gegenüber, möbliert mit zwei bequemen, nicht mehr allzu neuen Ledersesseln, einem leeren Bücherregal und einem niedrigen Glastisch. Auch hier waren Jalousie und Vorhänge auf die gleiche Art fixiert.

Er hielt sich hier nicht lange auf und betrat den Raum am Ende der Diele, der sich als kleines Bad mit einem ebenso kleinen Fenster erwies, bei dem es genügte, einen dichten Vorhang davor zu befestigen, um es in Dämmerlicht zu tauchen. Neben dem Waschbecken hingen zwei frische Handtücher. Ein neues Stück Seife lag in der Seifenschale über dem Waschbecken. Er drehte den Wasserhahn auf und ließ kaltes Wasser über die Unterarme laufen. Das erfrischte und beruhigte ihn etwas. Nachdem er die Hände abgetrocknet hatte, nahm er den letzten Raum in Augenschein. Die Wände waren in einem kräftigen Blau gestrichen, soweit sich das in diesem Dämmerlicht beurteilen ließ. Ein breites Messingbett mit roter Satinbettwäsche bezogen stand mittig an der Wand, rechts und links zwei niedrige Nachttische und ein Korbsessel in der rechten Ecke unter dem Fenster. Das Schlafzimmer ging wie die Küche auf den Hof hinaus. Auch hier war das Fenster geöffnet, spielte der Luftzug mit den Vorhängen, drang Vogelgezwitscher herein. Dieser Raum war mehr als die anderen von einem leichten süßlich herben Duft erfüllt, der nicht von der Flora aus dem Hof stammen konnte.

Hatte man sich einmal an das Halbdunkel gewöhnt, war es hell genug, um mehr als nur schemenhafte Umrisse zu erkennen. Aber wiederum nicht so hell, um beispielsweise lesen oder Dinge detaillierter betrachten zu können.

Alles fügte sich ins Bild der anonymen Aquarelle und Briefe. Eine lichtdurchflutete Wohnung hätte ihn weitaus mehr in Erstaunen versetzt. Die schöne Unbekannte wollte es ihm so schwer als möglich machen, sie außerhalb dieser Wohnung zu erkennen. So wurde die Wohnung zu einer eigenen, von der Außenwelt abgeschlossenen geheimnisvollen Welt.

Eine wohltuende Stille umgab ihn. Irgendwo im Haus wurde die Toilettenspülung betätigt. Kurz darauf hörte er Schritte im Haus. Draußen fuhr ein Auto vorbei.

Er war nicht mehr so nervös wie beim Betreten der Wohnung. Es war mehr Ungeduld als Furcht vor dem Unbekannten.

Er konnte sich nicht lange allein hier aufgehalten haben, dennoch war es ihm unmöglich zu sagen, wieviel Zeit verstrichen war. Ihm schien jedes Zeitgefühl abhandengekommen zu sein, als habe die Wohnung ihren eigenen Zeitablauf. Ihm kam jeder Augenblick unendlich kurz und unendlich lang zugleich vor. Plötzlich, ohne Ankündigung durch Schritte im Treppenhaus, hörte er die Wohnungstür gehen. Er stand mit dem Gesicht zum Fenster und dem Rücken zur Tür. Er fühlte sich unfähig, sich umzudrehen. Wie festgehalten stand er mitten im Zimmer. Das Herz schlug ihm bis zum Hals.

Die Wohnungstür wurde leise geschlossen.

Er hielt den Atem an.

Leise Schritte kam näher. Die Person setzte auf Zehenspitzen gehend, behutsam einen Fuß vor den anderen.

Ihm wurde fast schmerzlich bewußt, daß er sich in einer fremden Wohnung befand, daran änderte auch nichts, daß er den Schlüssel besaß. Wäre er in einem Alptraum – die Situation hatte schließlich etwas Traumhaftes – wäre er im nächsten Moment barsch gefragt worden, was er hier mache, oder irgend was anders, weitaus bedrückenderes wäre passiert, woraus er allerdings durch ein erlösendes Erwachen befreit worden wäre.

Beim Ankömmling konnte es sich nur um die schöne Unbekannte handeln. In wenigen Augenblicken würde er ihr zum ersten Mal gegenüberstehen. Würde sich davon überzeugen können, daß sie kein Aquarell war.

Er spürte, wie sie im Türrahmen stand und ihn beobachtete. Langsam trug der Luftzug das Aroma eines leichten fruchtigen, aber auch eine Spur herben Parfums zu ihm herüber. Es war der gleiche Duft, den er beim Betreten der Wohnung nur noch schwach wahrgenommen hatte.

Unwillkürlich versuchte er sich zu erinnern, ob er eine Frau kannte, die ein ähnliches oder gar gleiches Parfum benutzte. Nichtsdestoweniger zog er noch immer die Möglichkeit in Betracht, daß die Aquarelle von jemandem waren, den er von irgendwoher kannte. Aber er konnte den Duft niemandem zuordnen.

Wie lange sie dastanden, sie im Türrahmen, er mit dem Rücken zu ihr mitten im Zimmer, konnte er nicht sagen, ebenso wenig weswegen er sich nicht sogleich umgedreht hatte, als er gehört hatte, wie jemand die Wohnung betreten hatte. Er war schließlich nicht Orpheus, deshalb mußte er auch nicht fürchten, daß seine Eurydike auf immer entschwinden würde, tat er es zu früh.

Dann gab er sich einen inneren Ruck. Das regungslose Verharren war noch schwerer zu ertragen.

Langsam drehte er sich um, als fürchtete er entweder eine große Enttäuschung zu erleben oder, was viel schlimmer wäre, daß hinter ihm niemand wäre und er lediglich ein Opfer seiner überreizten Phantasie war. Von beidem konnte keine Rede sein. Auch als er ein zweites Mal hinsah, verschwand SIE nicht. Er war erfreut, erleichtert, fasziniert, alles zugleich.

Die Person im Türrahmen war groß, auf eine angenehme Weise zum Molligen neigend mit wohltuenden Proportionen, sie hatte das rechte Bein leicht vor das linke gesetzt, auf dem sie ihr Gewicht ruhen ließ, um bequemer zu stehen. Sie war auf den hohen Absätzen ihrer Overknees aus dunklem Veloursleder größer als er, auf bloßen Füßen mußte sie etwas kleiner sein. Sie war unverkennbar die Frau auf den Aquarellen. Das Haar war wundervoll dicht und schwer und tiefbraun, im Dämmerlicht fast schwarz, die Lippen sinnlich üppig, leicht geöffnet und tiefrot geschminkt. Mehr konnte er von ihrem Gesicht nicht sehen. Eine schlichte, dennoch aufwendig gearbeitete schwarzseidene Maske bedeckte es zur Hälfte. Auch ohne die Maske wäre sie ihm unbekannt. Allein an ihrer Größe und ihrem herrlichen taillenlangen Haar hätte er sie leicht erkannt. Ihr Alter, falls das überhaupt bei einer faszinierenden, schönen und begehrenswerten Frau von Bedeutung ist, war unmöglich zu schätzen, aufgrund der Maske, des Dämmerlichtes. Sie konnte Anfang dreißig, aber auch schon Ende vierzig sein, vermutlich irgendwo dazwischen. Ihren Körper umschmiegte ein ärmelloses Kleid mit hohem Kragen aus stoffweichem weinrotem Leder wie eine zweite Haut.

Er betrachtete sie wie die Fleischwerdung einer erfüllten Verheißung, seiner geheimsten Sehnsüchte. Es machte ihr nichts aus, daß er sie ausgiebig und begehrlich musterte. Ein sanftes Lächeln umspielte ihren Mund. Kaum merklich hob und senkte sich ihr mütterlich üppiger Busen unter den Atemzügen. Sie war ruhiger als er. Ihr Parfum erfüllte mittlerweile den Raum. Er sog den Duft tief durch die Nase ein.

Ihre Haltung strahlte Zufriedenheit aus, als habe sie nicht einen Augenblick daran gezweifelt, daß er ihrer Einladung Folge leisten könnte. Andererseits; wer hätte einer solchen auch widerstehen können? Sicherlich niemand, außer er wäre ein schrecklicher Ignorant.

Nicht ein Wort wurde zwischen ihnen gesprochen. Ihm wäre es auch nicht möglich gewesen. Zudem fürchtete er, daß ein Laut den Zauber brechen könnte.

Im Treppenhaus waren Schritte zu vernehmen und unten ging die Haustür. Draußen fuhr erneut ein Auto vorbei.

Er wußte nicht, was er tun sollte. Er stand nur da. Er konnte sich nicht einmal dazu überwinden, auf sie zuzugehen, dabei sehnte er sich danach, sie in den Armen zu halten, sie zu spüren, ihre Wärme, ihre Lebendigkeit. Letztlich konnte er nicht anders, als alles weitere ihr zu überlassen.

Sie ging langsam auf ihn zu, setzte jeden Schritt auf Wirkung bedacht. Sie ging nicht einfach auf ihn zu, sie reduzierte den Abstand zwischen ihnen nicht allein räumlich.

Er hielt zum wiederholten Mal den Atem an. Er befand sich vollständig in ihrem Bann. Sie beherrschte die Situation.

Mit jedem Schritt, es waren kaum fünf, die sie sich ihm näherte, spürte er ihre physische Gegenwart mehr. Es gab in diesem Moment nur sie und ihn.

Sie blieb so dicht vor mir stehen, wie es möglich war, ohne daß sie sich berührten. Er spürte ihren warmen wohlriechenden Atem im Gesicht, glaubte ihren Herzschlag, der auch leicht beschleunigt war, nicht nur zu hören, sondern auch zu spüren.

Obwohl das Verlangen, sie in die Arme zu schließen, sie mit Küssen zu bedecken, längst übermächtig war, war er noch immer wie gelähmt. Er fühlte, daß eine allzu voreilige Geste seinerseits, sie zum Rückzug veranlassen könnte, was er sich nie verzeihen würde.

Sie ließ ihn nicht lange im unerfüllten Begehren. Ihr Verlangen war kaum geringer als seines. Sie küßte ihn, wozu sie sich leicht hinunterbeugen mußte. Sanft, weich, kaum spürbar berührte sie seine Lippen mit ihren, schob ihm entschlossen die warme feuchte Zunge in den Mund, den er bereitwillig öffnete. Sie küßte ihn genießerisch, als hätte sie alle Zeit der Welt, als wolle sie diesen Kuß endlos auskosten. Ströme der Lust und des Wohlbefindens durchströmten ihn.

Während sie ihn ausgiebig küßte, er ihre Küsse nur erwidern konnte, zog sie ihn schnell doch ohne Hast mit geschickten Fingern aus. Dabei schob sie ihn langsam zum Bett, das sie erreichten, als er bar seiner Kleidung war. Von einem Moment auf den anderen lag er rücklings darauf. Er freute ihn, daß sie angezogen blieb. Wie schön war ihre Wärme durch das weiche Leder hindurch zu spüren.

Er spürte das weiche Leder ihres Kleides, das sie soweit wie nötig hochgeschoben hatte, als sie sich auf ihn legte, ihren Körper an seinem rieb, fühlte ihren sich stetig beschleunigenden Herzschlag. Er spürte ihre nackten Schenkel an seinen, ihre Overknees, die sie nicht ausgezogen hatte. Sie trug nichts außer dem Lederkleid und den Overknees. Jede Berührung ihrer sensiblen Finger hinterließen wohlige Schauern auf seiner Haut, erhitzte Stellen. Sie grub ihm die halblangen, dunkel lackierten Nägeln in die Haut, hinterließ Spuren, die ihm wohlige elektrisierende Schauer durch den Körper jagten. Sie ließ ihm Speichel in den Mund laufen, um ihn dann vermischt mit seinem mit ihren Küssen zu trinken. Die Bewegungen ihres Schoßes steigerten seine Erregung. Sie verstand es, sie auf einem hohen Niveau zu halten. Als er das erste Mal in ihr zum Orgasmus kam, ließ sie seine Erregung nicht allzuweit absinken und ihn sich langsam einem zweiten nähern. Er war in einer Stimmung, in der er sich ihr endlos, bis zur völligen Erschöpfung hingegeben hätte. Dieser Nachmittag wurde ein einziger langer Liebesakt mit Unterbrechungen des kurzen Entspannens, in denen sie ihn in sich behielt, sich aber mit ihrem ganzen Gewicht, ihrem wunderbar üppigen Frauenkörper auf ihn legte. Er hielt sie in den Armen, als wollte er sie nie mehr loslassen. Sie sahen sich tief in die Augen. Ihre waren dunkel, tiefsinnig und schön, soweit er das in dem spärlichen Licht des Zimmers erkennen konnte. Doch blieb ihre Maske trennend, ließ sie für ihn weiterhin anonym bleiben, zumal sie bisher nicht ein Wort gesprochen hatte, auch ihr lustvolles Stöhnen war eher verhalten gewesen, im Gegensatz zur Sprache ihres Körpers. An ihrem Blick würde er sie später nur unter besonderen Umständen wiedererkennen können.

Am frühen Abend verließ sie ihn. Die Sonne schien nur noch schwach und in der Wohnung war es jetzt so dunkel, daß sich nur mit Mühe etwas erkennen ließ. Er sah mit halbgeöffneten Augen, wie sie ihr Kleid richtete und mit einem letzten Blick auf ihn, der tiefe Zufriedenheit ausdrückte, den er allerdings mehr fühlte, als wirklich sah, die Wohnung verließ.

Er fühlte sich so matt, wie vor einer Woche nicht einmal bei

Marlies. Es gelang ihm nicht, aufzustehen und der schönen Unbekannten zu folgen.

Er benötigte fast eine halbe Stunde, bis er aufstehen und sich anziehen konnte. Als er in der Jackentasche nach dem Hausschlüssel suchte, fand er ihn nicht mehr. Vielleicht hatte er ihn in der Küche abgelegt, obschon er sicher war, ihn gewohnheitsgemäß in die Jackentasche gesteckt zu haben. Aber in der Küche war er nicht. Er ließ sich nirgendwo finden. SIE mußte ihn mitgenommen haben. Das war die einzig mögliche Erklärung.

4.

Wieder zu Hause setzte er sich in den bequemen Sessel im Arbeitszimmer und betrachtete die Aquarelle, die von den zusehends schwächer werdenden Strahlen der Abendsonne beschienen wurden. Es war ungewöhnlich ruhig im Haus, das abendliche Konzert der Vögel war das einzige Geräusch, das von draußen hereindrang.

Mit zunehmender Dämmerung schienen die Szenen auf den Aquarellen lebendig zu werden. Er glaubte zu sehen, wie sich die schöne Unbekannte auf dem ersten Aquarell abtrocknete, wie sich das flauschige Badetuch bewegte, wie sie auf dem zweiten ein paar Tropfen Lotion aus dem Flakon in ihre Handfläche laufen ließ und mit zärtlicher Selbstverliebtheit auf der Innenseite ihres Schenkels verteilte. Er meinte, ihre Laute der Lust zu vernehmen, glaubte sogar, in dem angedeuteten Mann sich selbst zu erkennen. Auf einmal befand er sich wirklich in dem lichtdurchfluteten Bad, sah, wie sie aus der Wanne stieg, ihn um ein Handtuch bat, das er ihr nur zu gerne reichte. Sie trocknete sich ausgiebig ab. Als sie sich eincremte, folgten seine Blicke ihrer Hand, mit der sie die Lotion in ihre schöne weiche und zugleich feste Haut massierte. Dann waren sie im Schlafzimmer. Sie trug das Kleid aus Organza. Er hielt sie in den Armen. Sie küßten sich leidenschaftlich genießend. Er spürte ihre warme, wohlriechende weiche Haut durch den dünnen Stoff auf seiner. Jetzt erst wurde ihm bewußt, daß er nackt war und eine starke Erektion hatte. Sie lagen auf dem Bett und liebkosten sich mit den Händen mit der gleichen Leidenschaft wie sie sich küßten.

Plötzlich klingelte das Telefon und er erwachte aus seinem Tagtraum, die ihm jedoch wie eine Vision erschienen war, so plastisch war es gewesen.

Das Zimmer war in Halbdunkel getaucht. Er konnte nur noch schemenhaft etwas erkennen. Er mußte, kaum daß er sich in den Sessel gesetzt und den Blick auf die Aquarelle fixiert hatte, eingeschlafen sein. Leicht benommen erhob er sich, schaltete die Schreibtischlampe ein, und nahm das Handgerät aus der Halterung.

»Habe ich dich geweckt? Du klingst verschlafen«, hörte er Marlies vom anderen Ende der Leitung.

»Ich war leicht eingenickt«, entschuldigte er sich überflüssigerweise.

»Hat sich zwischenzeitlich deine unbekannte Schöne gemeldet«, platzte sie sogleich heraus.

»Ich habe sie heute getroffen«, sagte er und unterdrückte ein leichtes Gähnen, wobei ihm auffiel, daß seine Erektion nicht nur Teil seines Traumes gewesen war, wenn sie allerdings langsam abklang, obschon er bei seiner Heimkehr der Überzeugung gewesen war, daß es eine Zeitlang dauern würde, bis er wieder eine haben könnte. Wäre SIE bei jetzt ihm gewesen, er hätte nichts lieber getan, als erneut mit ihr zu vögeln.

»Erzähle«, legte sie ihrer Neugier nicht die geringste Hemmung auf.

Er sah keinen Grund, ihrem Wunsch nicht zu entsprechen, schließlich hatte er sich ihr anvertraut, daher besaß sie durchaus einen Anspruch darauf, und erstattete Bericht. Sie hörte aufmerksam zu und unterbrach ihn nicht einmal, was er von ihr nicht gewohnt war.

»Du übertreibst auch nicht«, schien sie ihre Zweifel zu haben.

»Nein, es hat sich genauso abgespielt.«

»Das muß ja eine außergewöhnliche Frau sein«, war sie sichtlich beeindruckt.

»Ich bin ganz schön schlapp.«

»Das finde ich bemerkenswert. Meiner Erfahrung nach sind es bei dir in der Regel die Frauen, die zuerst Anzeichen von Erschöpfung zeigen.«

Er glaubte ihr Grinsen durch das Telefon hindurch zu sehen. Er konnte sich nicht erinnern, daß sie bei ihm jemals als erste Anzeichen von Erschöpfungen gezeigt hätte, wenngleich sie ein ums andere Mal anschließend durchaus leicht wund gewesen war. Doch nutzte er die Vorlage für eine Retourkutsche nicht.

»Wann seht ihr euch wieder?« fuhr sie fort, da sie keine Antwort von ihm erwartet hatte.

»Weiß ich nicht.«

»Wie? Das weißt du nicht? Was soll das heißen? Drück' dich klarer aus!«

»Daß ich nicht weiß, *wann* und *ob* wir uns jemals wiedersehen.«

Als er das sagte, versetzte es ihm innerlich einen heftigen Stich. SIE nicht mehr wiederzusehen, wäre annähernd das Schlimmste, was ihm im Augenblick widerfahren könnte.

»Also, weißt du, langsam zweifle ich an deinem Verstand. Du verbringst einen der tollsten Nachmittage, die man sich vorstellen kann mit einer unglaublich faszinierenden Frau mit hemmungslosem Sex, und weißt du nicht, ob es ein zweites Mal geben wird.«

Sie schien ihn nicht richtig verstanden zu haben.

»Wir haben kein Wort miteinander gesprochen. Es ist so vorgefallen, wie ich dir erzählt habe.«

»Und ich dachte, du hättest es romantisch ausgeschmückt.« Sie schien erst jetzt zu verstehen.

»Ach Marlies«, meinte er nur kopfschüttelnd.

»Das klingt wirklich nach einer sehr eigenartigen Frau.« Sie wirkte nachdenklich, als sie das Gespräch beendeten.

Am nächsten Morgen erschien ihm der zurückliegende Tag tatsächlich wie ein Traum. Es war keine wie immer geartete Nachricht im Briefkasten, was ihn auf eine eigenartige Art und Weise enttäuschte, obwohl er mit keiner gerechnet hatte. Den Tag verbrachte er in einer sonderbaren Stimmung. Es war keine simple Verliebtheit, vielmehr ein eigenartiges Begehren, in das sich die Angst mischte, seine schöne ›Verführerin‹ niemals wiederzusehen, er niemals erfuhr, wer sie war. Wiedersehen wollte er sie auf jeden Fall. Er *mußte* sie wiedersehen! Aber er wußte nicht, wie er es beginnen sollte. Er wußte so gut wie nichts von ihr! Er kannte lediglich diese Wohnung ohne Namensschild an der Tür, die nicht so aussah, als sei sie ständig bewohnt.

In der folgenden Nacht schlief er unruhig. Er träumte ausschließlich von ihr, von der Wohnung. Er erblickte sie auf der

Straße, wollte ihr hinterherrufen, aber die Stimme versagte ihm. So sehr er die Lungen auch füllte, seiner Kehle entwich kein Ton. Er wußte ja nicht, was er rufen sollte, er kannte ja ihren Namen nicht! Dann wollte er hinter ihr herlaufen, aber je schneller er lief, desto schneller entfernte sie sich. Sie verlor sich in der Menge. Er fragte alle Leute, die ihm begegneten, wo er sie finden könnte, aber keiner konnte ihm Auskunft geben. Sie schienen nicht einmal zu verstehen, was er von ihnen wollte. In den frühen Morgenstunden erwachte er schweißgebadet. Es dämmerte bereits. Die Vögel hatten mit ihrem Morgenkonzert begonnen. Eine Autotür wurde zugeschlagen und kurz darauf heulte ein Motor auf.

Da er zwischen den klammen Laken nicht sogleich wieder einschlafen konnte und im Grunde hellwach war, stand er auf. Er schlug die Bettdecke zurück, damit sie auslüften konnte. Leicht zitternd ging er ins Bad und wusch sich mit kaltem Wasser durchs Gesicht. In ihm hatte sich ein Gefühl von Verlustangst breit gemacht, in dieser Intensität eine völlig neue Erfahrung für ihn. Er ärgerte sich, daß er sie nicht angesprochen hatte. Seine Angst, sie nicht wiederzusehen, nahm beinahe manische Züge an. Dabei mußte ihm einleuchten, daß eine Frau für nur einen Nachmittag nicht diesen Aufwand trieb. Aber es gibt Situationen, da ist man für nüchterne Überlegungen nicht zugänglich.

Die folgenden Tage und Nächte verbrachte er in etwas ruhigerer Stimmung. Unter all der Unsicherheit über ein mögliches Wiedersehen befand sich eine undefinierbare Zuversicht, daß es auf irgendeine Weise weitergehen würde.

5.

Fast eine Woche war seit jenem geheimnisvollen Rendezvous vergangen. Seit zwei Tagen regnete es nahezu ohne Unterbrechung. Ein ergiebiger Landregen hatte sich über der Region festgesetzt. Jeden Morgen sah er erwartungsvoll in den Briefkasten und jeden Morgen wurde er enttäuscht. Keine wie immer geartete Nachricht von IHR war vorzufinden. Das Gefühl der Enttäuschung war jedoch nur am ersten Morgen wirklich quälend gewesen. Mittlerweile war es einer Art schmerzlicher, aber erträglicher Gewohnheit gewichen, doch hatte sich noch keine Resignation in ihm breit gemacht. Um so größer war verständlicherweise seine Freude, als er einen gepolsterten Umschlag mit ihrer Handschrift darauf und etwas Hartem darin vorfand. Das Herz schlug ihm bis zum Hals. Er fühlte sich wie ein Pennäler, dem das hübscheste Mädchen der Klasse, das er mit der Überzeugung, daß sie ihn niemals erhöre würde, anbetete, völlig unerwartet ein Rendezvous gewährte. Dennoch zügelte er seine Ungeduld, wollte die Vorfreude auskosten und öffnete erst in der Wohnung den Umschlag.

Den ihm bereits bekannten Schlüsseln war ein längerer Brief beigefügt. Sie bat ihn für den heutigen Nachmittag zu einem erneuten Treffen. Diesmal erlaubte sie ihm, sie ausgiebig zu berühren, mit ihr zu machen, was er wollte. Verwehrt war ihm einzig, ihr die Maske abzunehmen und sie auszuziehen. Das müsse er respektieren, andernfalls würde sie ihn sofort verlassen und er würde sie nie wiedersehen. Er müsse verstehen, daß sie ihm ihre Identität noch nicht preisgeben könne, ihr nackter Körper zähle dazu. Sie habe ihre Gründe, die er, wenn er sich in Geduld fasse und ihrem Wunsch nach Anonymität respektiere, zu gegebener Zeit erfahren würde. Er würde seine Geduld nicht bereuen. Sie habe ihren ersten gemeinsamen Nachmittag sehr genossen und hätte länger nicht mehr ein so schönes und ausgiebiges Liebeserlebnis gehabt.

Er war zwar erleichtert, zugleich aber nicht wenig irritiert. Aus welchem Grund war es ihr vorerst nicht möglich, ihm ihre Identität preiszugeben? Er konnte sich keinen Reim darauf machen, entweder waren seine Erklärungsversuche am Rande des Hanebüchenen oder so vage, daß sie mehr Fragen aufwarfen als lösten. Ihm blieb nichts anderes übrig, als abzuwarten.

Die Stunden bis zu ihrer neuerlichen Begegnung zogen sich endlos hin. Aber auch sie gingen vorüber. Gegen Mittag war der Landregen in einen leichten Nieselregen übergangen.

In der Wohnung fühlte er sich nicht mehr fremd. Es herrschte abermals Halbdunkel. Durch den wolkenverhangenen Himmel genügten hierzu allein die heruntergelassenen Jalousien. Er versuchte nicht, sie zu öffnen, da ihm bewußt war, daß sie, sobald sie sah, daß sie hochgezogen waren, sie die Wohnung nicht betreten und sich sehr wahrscheinlich nie wieder bei ihm melden würde.

Die Jacke hängte er an einen der Garderobenhaken im Flur. Ihr Parfum lag diesmal intensiver über allem. Sie konnte nicht lange vor ihm in der Wohnung gewesen sein.

Er setzte sich ins Wohnzimmer. Durch das gekippte Fenster drang die feuchte Regenluft herein. Der Luftzug spielte mit der Gardine. Heute mußte er länger auf sie warten. Er konnte aber auch zu früh erschienen sein und meinte nur, länger warten zu müssen, da seine Ungeduld heute noch etwas größer war. In dieser stillen Umgebung erschien ihm jedes noch so kleine Geräusch unverhältnismäßig laut. Er wunderte sich, daß er dennoch die Ruhe aufbrachte, ruhig dazusitzen und nicht ungeduldig auf und ab zugehen.

Endlich hörte er, wie der Schlüssel im Schloß gedreht wurde. Eine Minute zuvor hatte er leise die Haustür gehen hören, aber daraufhin keine vernehmbaren Schritte im Treppenhaus. Sie mußte auf Zehenspitzen hinaufgegangen sein. Für einen Augenblick durchfuhr ihn wie beim ersten Mal die Befürchtung, daß er gleich aus einem wunderschönen Traum erwachen könnte. Leider neigte er wie viele andere dazu, das Schöne, Unerwartete, Angenehme als ein Trugbild zu nehmen, eine Mär, statt es zu genießen.

Er fragte sich im Nachhinein, warum er nicht, sobald er gehört hatte, wie der Schlüssel sich im Schloß drehte, aufgestanden und ihr entgegengegangen war. Aber ihm war es unmöglich gewesen, sofort aufzustehen. Als es ihm endlich gelungen war, hatte sie die Tür bereits hinter sich ins Schloß gezogen.

Er stand ihr in dem schmalen Flur gegenüber, kaum mehr als einen Schritt entfernt. Sie trug wieder die schwarze Seidenmaske und, soweit er das im Halbdunkel erkennen konnte, unter einem eleganten dunkelblauen geöffneten Vinylregenmantel ein Kleid aus dunkelblauem Leder, ähnlich geschnitten wie jenes, das sie bei ihrer ersten Begegnung getragen hatte, zu denselben Overknees. Regentropfen bedeckten die seidige Oberfläche des Mantels. Sie mußte ein gutes Stück durch den Regen gegangen sein. Ob sie die Maske anzog, kurz bevor sie die Tür aufschloß, oder sobald sie das Haus betrat? Er könnte beim nächsten Mal, falls es eines geben sollte, am Fenster stehen ... er verwarf den Gedanken sofort. Zum einen hätte er die Verankerung der Jalousien lösen müssen, die so gut war, daß selbst mit dem passenden Werkzeug einige Zeit hierfür benötigt wurde, die Spalten waren zum Durchsehen zu schmal, zum anderen bestand die Gefahr, daß sie seine Manipulation schnell entdeckte. Ihm blieb nichts weiter übrig, als abzuwarten, bis sie bereit war, ihm ihre Identität preiszugeben. Alle Eigenmächtigkeiten seinerseits würden lediglich dahin führen, daß sie ihm wie in seinen Alpträumen auf immer entglitt. Nur daß es kein Alptraum, sondern Realität sein würde und das machte ihm wirklich Angst.

Sie standen sich wenige Augenblicke abwartend gegenüber. Sie sah ihn erwartungsvoll an, ein leicht amüsiertes und gleichermaßen triumphierendes Lächeln umspielte ihren Mund. Dann erinnerte er sich, daß ihm für diesmal die Initiative zugewiesen hatte. Er tat einen entschlossenen Schritt auf sie zu, umarmte sie beinahe stürmisch. Er drückte sie an sich, hielt sie fest, als könne sie ihm weggenommen werden, sie sich ihm entziehen. Sein Griff war eisern, aber wiederum nicht so, daß es ihr weh getan hätte. Er schob ihr besitzergreifend die Zunge in den Mund. Sie ließ ihn gewähren, umarmte ihn ihrerseits und erwiderte sein Zungenspiel mit gleicher Leidenschaft. Auch ihre Umarmung war eisern und wirklich an der Grenze zum Schmerzhaften, was ihn zum ersten Mal spüren ließ, daß sie ihm physisch mindestens ebenbürtig war. Er schätzte Frauen, deren physische Kraft sich mit seiner messen konnte. Marlies zählte auch zu ihnen.

Er leckte über den regenfeuchten Mantel auf Höhe ihrer rechten Schulter. Am liebsten hätte er ihr den Regen vollständig vom Mantel geleckt. Die betörende Wirkung, die das Lederkleid und die Overknees an sich auf ihn hatten, wurde in Kombination mit dem wundervollen Vinylregenmantel mit seiner seidigen Oberfläche verstärkt. Ein zufriedenes Lächeln umspielte währenddessen ihre Mundwinkel. Sie hatte sich in ihm nicht getäuscht.

Sie löste sich aus seiner Umarmung. Mit einer eindeutigen Geste forderte sie ihn auf, ihr ins Schlafzimmer zu folgen, wo sie ihn leicht breitbeinig, die Hände lässig auf den Hüften liegend, neben dem Bett stehend erwartete. Sie blickte ihn entschlossen an, formte mit den Lippen ein lautloses »Ausziehen«. Mit voyeuristischem Blick, wobei ein zufriedenes Lächeln ihre Mundwinkel umspielte, sah sie ihm zu, wie er sich auszog und seine Sachen mangels Ablagemöglichkeit auf den Boden fallen ließ. Sie gönnte sich einen Augenblick den Anblick seines nackten Körpers, bevor sie mit einer Geste zu verstehen gab, daß er sich aufs Bett legen sollte.

Als er auf dem Bett lag, ließ sie den Vinylregenmantel auf betörende Weise über ihre Schultern gleiten, wobei sie ihn verheißungsvoll ansah. Sie legte ihm den Mantel mit der Außenseite auf den Körper. Ein elektrisierendes Kribbeln durchströmte ihn bei der Berührung mit der seidigen Oberfläche, was ihm eine vollständige Erektion bescherte. Ein zufriedenes Lächeln umspielte ihre Mundwinkel, als sie sah, wie der Mantel sich über seinem Schoß ausbeulte. Sie streichelte seinen Körper mit beiden Händen durch den Mantel hindurch, was das besondere Kribbeln bei ihm verstärkte, und onanierte ihn durch den Mantel hindurch. Sie waren beide erstaunt, wie er schnell er sich zwischen den Falten des Mantels unter einem lauten Aufstöhnen ergoß. Sein Orgasmus war kaum verklungen, da schob sie ihr Kleid bis zur Hüfte hoch, nahm den Mantel von ihm und rieb sich mit der Innenseite, wo er sein Sperma vergossen hatte, das Geschlecht. Das Wissen, daß sie sein Sperma dabei verrieb, steigerte seine Erregung erneut ins Unermeßliche. Sie blickte ihn an. Sie kam ebenfalls relativ schnell. Sie ließ den Mantel zu Boden sinken. Sie kniete sich aufs Bett, mit dem Schoß über seinem Gesicht war. Ihr Schoß glänzte vor Nässe, auch zwischen ihren Schenkeln war sie naß. Ihr leicht herbes Aroma vermischt mit dem Geruch seines Spermas strömte ihm entgegen. Genüßlich sog er es durch die Nüstern. Einem inneren Bedürfnis folgend, streckte er die Zunge heraus. Er wollte dieses Gemisch aus ihrem Lustnektar und seinem Sperma schmecken. Doch sie gab ihm die Möglichkeit nicht, sie wollte ihm lediglich aus der Nähe zeigen, wie erregt sie war. Sie rutschte so weit hinunter, daß sie auf seinen Oberschenkeln saß, seinen steifen Schwanz dicht vor ihrer Möse. Sie beugte sich vor, drückte ihm die halblangen dunkelrot lackierten Nägel bis an die Grenze zum Schmerz in die Brust, zog sie langsam zum Bauch hinunter, eine sich langsam rötende Spur hinterlassend. Erneut durchlief ihn ein wohliges Kribbeln ob dieses besonderen Schmerzes. In seiner derzeitigen Verfassung hätte sie sogar ihn blutig kratzen können. Er hätte ihr gerne von seinem Blut gegeben. Sie wiederholte es mehrmals. Mehr als einmal stöhnte er erst vor Schmerz auf, doch gleich darauf durchströmte ihn dieses besondere Lustgefühl. Seine Erektion war derart intensiv, daß sie ihn bereits schmerzte.

Als sie das Becken anhob, seinen Schwanz in sich einführte und sich langsam auf ihn sinken ließ, bis er so tief als möglich in ihr war, dachte er, daß sie ihn jetzt vögeln würde, doch sie fuhr fort, mit ihren Nägeln Spuren auf seiner Haut zu hinterlassen, ohne dabei ihren Schoß zu bewegen. Plötzlich umfaßte sie seine Handgelenke mit eisernem Griff, wobei sie ihm die Nägel tief in die Haut drückte, und verlagerte das Gewicht nach vorne, so daß er keine Möglichkeit hatte, sich aus ihrem Griff zu befreien. Nun begann sie das Becken leicht zu heben und zu senken, im gleichmäßigen Rhythmus eines Kolbens im Zylinder. Sie vögelte ihn mit dem Ziel, sich einen Orgasmus zu verschaffen. Wieviel er dabei empfand, schien sie nicht zu interessieren. Sie sah ihn an und zwang ihn dadurch, auch sie anzusehen. Trotz des Dämmerlichts sah er deutlich die ungebändigte Lust in ihren dunklen Augen. Sie hatte den Mund halb geöffnet, ihr Atem ging stoßweise. Er spürte, wie sie in regelmäßigen abständen ihre Vaginalmuskeln anspannte und ihn damit ein mitunter bereits am Rand des Schmerzhaften befindliches Gefühl der Enge bescherte. Sie kam unter einem leisen Aufstöhnen, sah ihm dabei fest in die Augen an.

Sie ließ seine Handgelenke los, spannte erneut ihre Vaginalmuskeln und hielt seinen Schwanz damit fest. Sie schien ihre Beckenmuskeln sehr gut trainiert zu haben, noch besser als Marlies sie beherrschte. Sie beugte sich sie zur Seite, hob den Vinylregenmantel auf, zog ihn an, knöpfte ihn und zog die Kapuze über. Sie nahm seine Hände und legte sie sich auf die Taille. Sie begann erneut mit der gleichmäßigen rhythmischen Bewegung ihres Beckens, diesmal jedoch mit dem Ziel, ihm einen Orgasmus zu verschaffen, wobei sie die Hände auf ihre üppigen Brüste legte und selbst verliebt durch Mantel und Kleid hindurchmassierte. Es dauerte nicht lange, bis er sein Sperma tief in sie hineinspritzte. Sein Orgasmus war noch nicht verklungen, da brachte sie sich mit den Fingern der Rechten zum Orgasmus, seinen Schwanz noch sich. Sie blieb einen Augenblick auf ihm sitzen, bevor sie von ihm stieg.

Sie blickte ihn mit tiefer Zufriedenheit an, schenkte ihm ein Lächeln und verließ das Zimmer. Erst als er die Wohnungstür gehen hörte, wurde ihm bewußt, daß sie diesen wundervollen fetischistisch geprägten Nachmittag beendet hatte und sie, entgegen ihrer Ankündigung im Brief, doch wieder die Situation beherrscht und ihn sexuell ›benutzt‹ hatte, er aber auch nichts anderes wollte.

Nachdenklich suchte er seine Kleider zusammen und zog sich an. Es wunderte ihn nicht, daß er den Schlüssel zur Wohnung nicht mehr in seiner Jackentasche fand. Sie hatte ihn erneut mitgenommen, bevor sie gegangen war.

Vor dem Haus blieb er stehen. Der Regen hatte aufgehört, doch der Himmel war noch immer grau verhangen. Einzelne dunklere Wolkenfetzen zogen vorüber. Wenngleich kaum noch die Chance bestand, seine unbekannte Schöne noch zu entdecken, sah er die Straße zu beiden Seiten hinunter. Er erblickte lediglich eine ältere Frau und eine Mutter mit Kind. Niemand war zu sehen, der ihr auch nur im entferntesten geglichen hätte. Mit gemischten Gefühlen begab er sich auf den Heimweg.

6.

»Sie bestellt dich also wöchentlich in diese Wohnung. Ihr sprecht während der ganzen Zeit kein Wort miteinander, fickt aber derart hemmungslos miteinander, als würde es am nächsten Tag für alle Zeiten verboten. Du darfst ihr nicht die Maske abnehmen. Sie trägt stets ein Kleid aus weichem Leder, das ihren femininen Körper wie eine zweite Haut umschloß, dazu Overknees und bei trübem Wetter einen blauen Vinylregenmantel, wie ich ihn ebenfalls besitze. Daß dich das auf besondere Weise erregt, weiß ich nur zu gut. Ich fühle mich ja selbst sexy darin. Der Vinylregenmantel besitzt durch seine seidige Oberfläche einen besonderen Reiz, optisch wie haptisch und stellt somit ein Objekt fetischistischer Begierde für uns beide dar, wobei ich ihn fast nur noch als Objekt fetischistischer Begierde nutze«, bemerkte Marlies mit einem vertraulichen Augenzwinkern, worauf er beinahe leicht errötet wäre, da er daran dachte, welche Lust er auf sie gehabt, als sie ihn zum ersten Mal beim Sex mit ihm getragen hatte und wie sie wollte, daß er sich über ihn auf Höhe ihrer Brüste ergoß, was er reichlich getan hatte. Seitdem trug sie ihn gelegentlich und ohne etwas darunter bei ihren gelegentlichen Vögeleien. »Deine schöne Unbekannte, die in meinen Augen eine Fetischistin ist, und ich scheinen manches gemeinsam zu haben, doch das nur nebenbei. Sie geht immer als erste, womit sie auch das Ende eures geheimnisvollen Rendezvous bestimmt, und nimmt jedesmal den Schlüssel mit, den sie dir zuvor in einem Brief schickt. Dieses Szenario spielt sich seit fast eineinhalb Monaten zwischen euch ab. Korrigiere mich, wenn ich in der Aufzählung etwas vergessen haben sollte.«

Sie saßen an einem sonnigen, angenehm warmen Nachmittag Mitte Juli, der in diesem Jahr zwischen heißen und kühleren regnerischen Tagen mit heftigen Gewittern als Übergang wechselte, in ihrem bevorzugten Café bei Kaffee und Kuchen. Während Marlies ihrem Kirschsahnekuchen wie üblich eifrig zusprach, stocherte er lustlos in seinem Apfelkuchen herum. Kuchen gehörte zu den Dingen, neben Sex, von denen sie nicht lassen konnte, was zugleich für ihren wohlgerundeten Körper mitverantwortlich war.

»Wenn du deinen Apfelkuchen nicht mehr möchtest, kannst du ihn ruhig mir geben, bevor nur noch ein Haufen unansehnlicher Krümel davon übrig ist.«

»So ungefähr spielt es sich jedes Mal ab«, meinte er leicht abwesend, während er ihr seinen Teller hinschob.

»So richtig scheinst du mir nicht zuzuhören. Na ja, wenigstens der Anblick meines üppigen Busens hat seinen Reiz für dich noch nicht verloren.«

»Bitte?« Er schreckte leicht zusammen.

»Offenbar siehst du zwar dorthin, aber siehst doch nicht dorthin«, seufzte sie leise und schob ein weiteres Stück von ihrem Kuchen zwischen ihre vollen, in einem warmen Erdton geschminkten Lippen.

Leicht schuldbewußt, obgleich es gar nicht seine Art war, zumal er ja wußte, wie sehr es ihr gefiel, ließ er seine Blicke auf ihren Reizen ruhen, sah er auf ihre schlanken gepflegten Hände mit den halblangen gleichfalls in einem warmen Erdton lackierten Nägeln, was ihn wieder daran erinnerte, wie seine schöne Unbekannte ihre Nägel, deren Nägel etwas länger als Marlies' waren, in seine Haut drückte und mit ihnen so über sie fuhr, so daß sie tiefe rote Spuren darauf hinterließ. An einigen Stellen kratzte sie ihn sogar blutig. Sie hinterließ immer Spuren, die erst nach zwei Tagen langsam wieder verschwanden. Sie schien es zu genießen, ihm Schmerzen zuzufügen, die sich relativ schnell in Lust verwandelten. Manchmal hatte er das Gefühl, daß sie sich auf diese Weise für irgend etwas an ihm rächen wollte. Er verwarf den Gedanken sogleich wieder, da es mehr einer heimlichen und alten Fantasie aus seiner Pubertät entsprach, die sich bis in seine Zwanziger hinein gehalten hatte. Geblieben war der starke Wunsch einer Frau sexuell zu Diensten zu sein, einer Frau, die sich nahm, wonach ihr war.

»Hallo, ich rede mit dir!«

Marlies trat ihm leicht mit dem rechten Fuß gegen das linke Schienbein. Seit einigen Minuten schwieg er und sah geistesabwesend abwechselnd auf ihre Brüste und ihre Hände. Er zuckte leicht zusammen und gab einen leisen Schmerzschrei von sich. Es hatte weh getan.

»Wann faßt du dir ein Herz und redest mit deiner schönen Unbekanntes Tacheles? Ich kann mir nicht vorstellen, daß es in ihrer Absicht liegt, dieses Spielchen endlos weiterzuführen. Das führt über kurz oder lang in eine unerfreuliche Sackgasse, mein Lieber.«

»Ich weiß.« Er seufzte fast schon leicht übertrieben und sah sie etwas traurig an, wie ihr schien. »Ich nehme es mir immer vor, aber sobald sie mir in der Wohnung gegenübersteht, ist alles anders. Auch wenn sie mich anschließend verläßt, fehlt mir die Energie dazu. Eigentlich warte ich jedes Mal darauf, daß sie es mir ›erlaubt‹. Wobei, gestern kam es derart über mich, daß ich sie mir, als sie gehen wollte, noch einmal gepackt und sie aufs Bett geworfen habe.«

»Und hast sie noch einmal so richtig schön durchgefickt«, ergänzte Marlies mit einem breiten Grinsen, schob ihren leeren Teller beiseite und nahm seinen mit dem bereits arg zerkrümelten Apfelkuchen. »Fast schon leicht ›vergewaltigt‹«, fügte sie mit einem Augenzwinkern hinzu.

»Sie hat sich nicht einen Moment gewehrt. Sie schien nicht einmal überrascht zu sein! Es war nicht zu übersehen, daß es ihr gefiel, sich etwas grob von mir behandeln und sich leicht rücksichtslos vögeln zu lassen. Wobei, mich behandelt sie auf bestimmte Weise ja auch grob. Abgesehen davon könnte ich eine Frau ihrer Größe und Statur nicht gegen ihren Willen nehmen. Ich hätte da ebensowenig eine Chance wie bei dir.«

»Die ›Vergewaltigung‹ war auch scherzhaft gemeint.« Marlies unterdrückte einen Seufzer, manchmal war er auffallend humorlos.

»Sie hat es jedenfalls genossen, vielleicht sogar mehr als das, was wir zuvor miteinander gemacht haben. Kaum daß ich in ihr war, hat sie die Beine um meine Hüften geschlungen, damit ich so tief wie möglich in sie eindrang. Es dauerte etwas, bis ich in ihr kam. Ich wollte sie einfach nur ficken, so geil war ich auf sie. Wir kamen fast gleichzeitig. Sie hielt noch eine Weile die Beine um mich geschlungen, blickte mich mit einem höchst zufriedenen Ausdruck an. Dann entließ sie mich und schob mich sanft aber bestimmt von sich, so daß ich mit einer halben Drehung etwas unsanft auf dem Bett landete, wo sie zuvor gelegen hatte. Bis ich mich aufgerappelt hatte, hatte sie das Zimmer mit einem letzten Blick über die Schulter und schnellen, aber nicht hastigen Schritten verlassen und kurz darauf auch die Wohnung.«

Er sah ihr an, wie sie sich die Szene vorstellte.

Er war mit den Gedanken schon wieder abwesend, diesmal bei dem Brief, den er am Morgen von ihr erhalten und mehrmals gelesen hatte.

Ich kann nicht anders. Ich muß Dir schon jetzt schreiben, bevor ich Dir wieder die Schlüssel zu unserem Liebesnest sende. Ich muß Dir sagen, wie sehr mich unser gestriger Nachmittag beeindruckt hat. Noch nie habe ich mit einem Mann wirklich bis zur Erschöpfung gefickt, auch wenn ich es mitunter geglaubt habe und man denkt, ab einem bestimmten Alter habe man bereits weitgehende Erfahrungen diesbezüglich gemacht. Es hat mir gefallen, wie du mich gepackt hast, als ich gehen wollte, mich aufs Bett geworfen und mich so richtig durchgefickt hast. Mich durchgefickt wie ein Mann, der bei einer Frau nur seine Geilheit loswerden will, von der er aber weiß, daß sie das hin und wieder braucht. Du hast mir dabei sogar etwas weh getan, was aber meine Lust nur vergrößert. Ich mag vielleicht anders auf Dich wirken, aber von einem Mann, dem ich mich nahe fühle und dem ich weitgehend vertraue, wünsche ich mir zu gegebener Zeit, daß er sich rücksichtslos von mir nimmt, was er braucht, daß er in mir nur eine bereitwillige Fotze zum Ficken sieht. In diesen Momenten bin ich ausschließlich Fotze. Das tut mir unglaublich gut, dann trage ich anschließend meine blauen Flecke und wunden Stellen wie Trophäen. Fast noch lieber wäre mir gewesen, Du hättest mir den Arsch statt die Fotze gefickt, wenngleich mir klar ist, daß das bei Deinem schönen großen dicken Schwanz ohne Gleitgel, wenngleich ich dort bei Erregung alles andere als trocken bin, mir auf jeden Fall Schmerzen bereitet hätte. Ja, ich gehöre zu den Frauen, die es lieben, hin und wieder den Arsch gefickt zu bekommen und daß mir ein Mann auch dort hineinspritzt. Du siehst und hast es sicherlich schon erkannt, so gerne ich auch beim Sex den Ton angebe, so sehr brauche ich bisweilen möglichst harten Sex. Du kommst mit beidem zurecht, wie ich nun weiß. Zu gegebener Zeit hörst Du wieder von mir.

»Ich könnte ihr einen Brief zustecken, den sie erst zu Hause entdeckt. Aber ihre Lederkleider, sowie ihr Vinylregenmantel haben keine Taschen, wobei es vermutlich ihrerseits nicht unbemerkt bleiben würde ...« sagte er mehr zu sich selbst.

»Der Grat zwischen Genie und Wahnsinn gilt gemeinhin als äußerst schmal. Es gibt Momente, da frage ich mich bei dir, ob du den nicht längst nach der falschen Seite hin überschritten hast, ohne daß es mir aufgefallen ist.« Sie setzte eine derart sorgenvolle Miene auf, daß es ihn sichtlich irritierte. Er wußte nicht, was er darauf erwidern sollte. »Aus dem Alter, in dem man der Angebeteten Briefchen zusteckt, bist du seit über fünfundzwanzig Jahren herausgewachsen. Wann redest du endlich mit ihr?« Sie betonte jede Silbe, während sie seinen, nun leeren Teller zu ihrem stellte. »Ich müßte mich sehr irren, würde sie das nicht von dir erwarten. Willst du sie dauerhaft, nutze die nächste sich bietende Gelegenheit, bevor sie mit dir die Geduld verliert. An ihrer Stelle wäre meine Geduld bereits erschöpft, daran würde auch nichts ändern, daß du die Initiative ergriffen hast, obzwar sie sich bereits anders entschlossen hatte. Wenn das Alter, wie bei uns beiden und vermutlich bei ihr ebenso mit einer vier vorne beginnt, sinkt die Toleranzschwelle spürbar und man ist nicht mehr bereit, alles hinzunehmen. Anderseits werden in unserem Alter auch die Schrullen ausgeprägter. Aus welchem Grund packst du sie dir nicht, reißt ihr die Maske vom Gesicht und fragst sie, wer sie ist. Ich bin sicher, daß du ihr vorher nie bewußt begegnet bist, andernfalls hättest du sie trotz ihrer Maske längst wiedererkannt.« Marlies bedachte ihn mit einem beinahe vernichtenden Blick.

»Vermutlich hast du recht«, meinte er gedehnt, von einem tiefen Seufzer begleitet, und sah an ihr vorbei.

Er verstand sein Verhalten selbst nicht. Es ließ sich auch nicht damit erklären, daß er mit seinem derzeitigen Junggesellenleben auf eigentümliche Weise zufrieden war. Prinzipiell war er einer Beziehung gegenüber nicht abgeneigt, zumal eine besondere Frau in sein Leben getreten war. Allenfalls eine unterschwellige Angst, die Banalität des Alltags könnte dieser Frau auf eine sehr unerfreuliche Weise die Maske vom Gesicht reißen, ließ seine Unentschlossenheit verständlich erscheinen.

Marlies verabschiedete sich leicht besorgt von ihm. So hatte sie ihn noch nicht erlebt und er hatte schon so manchen Liebeskummer bei ihr abgeladen, so wie sie den ihren beim ihm, wenn es bei ihr aufgrund ihres unterschiedlichen Naturells diesbezüglich häufiger vorgekommen war.

7.

Zuerst war er zwar etwas überrascht, dachte sich aber erstaunlicherweise nicht viel dabei, als nach der üblichen Woche, die zwischen ihren Rendezvous verstrich, der Umschlag mit den Schlüsseln ausblieb. Er versuchte sich damit zu beruhigen, daß ihr etwas Unvorhersehbares dazwischen gekommen war. Er vertröstete sich auf den morgigen Tag und versuchte nicht unruhig zu werden, was ihm nur unzureichend gelang. Doch auch am nächsten Tag erhielt er keine Nachricht von IHR, ebensowenig wie am darauffolgenden. Langsam aber stetig stieg seine innere Unruhe, seine Befürchtungen, daß sie ernstlich erkrankt sein könnte oder etwas Vergleichbares. Er versuchte sich zu beruhigen, daß wirklich schwerwiegende Ereignisse den wenigsten Menschen zustießen. Noch vermied er, Marlies davon in Kenntnis zu setzen. Er fürchtete, daß sie auf eine, für ihn höchst unangenehme Weise, die ›richtigen‹ Schlüsse ziehen könnte.

Als eine weitere Woche verstrichen war, war aus der Unruhe Angst geworden, sie nicht mehr wiederzusehen, aus welchen Gründen auch immer. Unruhig wälzte er sich nachts im Bett und schlief erst im Morgengrauen vor Erschöpfung ein, erwachte oft genug in Schweiß gebadet. Seine Alpträume waren verworren, so daß er sich beim Aufwachen kaum an die Inhalte erinnern konnte. Die Angst, sie verloren zu haben, schien keine Einbildung mehr. Er fühlte sich so ohnmächtig wie nie zuvor. Er kannte ihren Namen, ihr Gesicht nicht. Auf den Aquarellen war es nicht erkennbar und die Maske, das Halbdunkel hatten es ebenso verhindert. Ihre überdurchschnittliche Größe, das taillenlange Haar waren verräterisch und selbstverständlich das Muttermal außen auf der linken Brust, das er jedoch nur auf den Aquarellen hatte zu sehen bekommen, da sie stets angezogen geblieben war, was seinem Fetischismus entgegengekommen war. Grundlos hatte sie es nicht auffällig auf den Aquarellen plaziert. Doch konnte er nicht allen

Frauen, die ihr von Statur ähnlich waren, hinterherlaufen und sie fragen, ob sie für ihn die linke Brust entblößten, damit er prüfen könne, ob sie dort ein kleines ovales Muttermal besäßen. Während der zurückliegenden Wochen hatte er sich ohnehin bei jeder Frau mit langen dunkeln Haaren, die ungefähr den Körperbau seiner schönen Unbekannten besaß, die ihm wo auch immer begegnete, gefragt, ob sie mit ihr identisch sein könnte, doch bei näherem Hinsehen bestand bei keiner auch nur annähernd die Möglichkeit, daß sie mit ihr Unbekannten identisch sein könnten.

Noch vor Ende der zweiten Woche des erfolglosen Wartens auf eine Nachricht von IHR, begab er sich zum Haus in der *Alten Bergstraße*. Vielleicht gelang es ihm dort, einen Anhaltspunkt zu finden, der ihm womöglich half, sie ausfindig zu machen. Es war ein trüber Tag, einer jener, die zwischen Regenwetter und halbwegs sonnigem Sommerwetter unschlüssig hin und herzupendeln scheinen.

Bereits von weitem sah er den Kastenwagen einer Malerfirma vor dem Haus stehen. Die Haustür stand offen. Selbstverständlich konnte irgendwer im Haus renovieren lassen. Aber seine Ahnung, die ihm einen schmerzlichen Stich versetzte, sagte ihm, daß es *jene* Wohnung war.

Mit zitternden Knien stieg er die Treppen hinauf. Auf jeder Etage hoffte er, daß die Malerfirma hier tätig war, doch nichts deutete darauf hin.

Die Ahnung wurde zur Gewißheit, als er die Etage, in der die Wohnung lag, erreichte. Die Tür stand offen, ein Radio war auf einen beliebten lokalen Sender eingestellt. Der Geruch nach frischem Kleister und Wandfarbe strömte ihm entgegen. Er betrat die Wohnung.

Zum ersten Mal sah er die Räume bei Tageslicht, ohne Möbel und mit geweißten Wänden. Es war eine Wohnung wie jede andere. Nichts erinnerte an die Zusammenkünfte mit der schönen Unbekannten.

Im Schlafzimmer stand ein kräftiger junger Mann auf einer Leiter und strich die Decke.

Die Wohnung sei leider schon vermietet, erklärte dieser sogleich, ehe er etwas sagen konnte. Er hielt ihn für einen Interessenten. An wen wisse er nicht. Er habe nur den Auftrag, sie zu renovieren. Das wäre auch gut so, sie hätte mehr als ein halbes Jahr leergestanden, was eine Schande sei, bei einer so schönen Wohnung, so nahe am Zentrum und doch so ruhig gelegen, wo es heutzutage so schwer sei, eine freie Wohnung in der Stadt zu finden.

Er sagte dem Handwerker nicht, daß die Wohnung bis vor zwei Wochen noch nicht leergestanden hatte, schließlich war er annähernd zwei Monate regelmäßig hier gewesen. Wie konnte die Wohnung somit unbewohnt gewesen sein? Und doch, er hatte nie den Eindruck gehabt, daß hier jemand außer an ihren Tagen lebte. Er erwiderte, daß man da nichts machen könne und wünschte dem Mann auf der Leiter einen guten Tag. Dieser achtete schon nicht mehr auf ihn und ging seiner Arbeit nach.

Enttäuscht und verwirrt schritt er die Treppe hinunter. Er ging in den nahegelegenen Park und setzte sich auf eine Bank. Er wollte nicht in seine Wohnung zurück. Er hing schwermütig dem Verlust seiner schönen Unbekannten nach. Ein einsetzender Nieselregen trieb ihn schließlich nach Hause zurück.

Kaum war er zurück, erhielt er Marlies' unangekündigten Besuch. Sie habe das Gefühl, daß er sie brauchen könne, sagte sie zur Begrüßung. Seine Mimik und weil das besondere Leuchten in seinen Augen fehlte, trug sie ihren blauen Vinylregenmantel, den sie diesmal des Regens wegen angezogen hatte, bestätigte ihre Vermutung. Er hielt sie lange und schutzsuchend umarmt. Sie ließ ihn gewähren. Hier war die ›alte‹ vertraute Freundin gefragt. Er erzählte ihr vom Besuch der Wohnung.

»Seit zwei Wochen hast du nichts mehr von ihr gehört.« Es schien sie nicht zu wundern.

Er nickte reichlich niedergeschlagen.

»Schade, aber es konnte nicht anders enden.« Sie seufzte wehmütig. »Du hast zu lange gezögert, sie zu demaskieren. Das hat sie dir übel genommen.«

»Das fürchte ich mittlerweile auch.«

»Du hast dich rettungslos in sie verliebt, das war mir gleich zu Anfang bewußt.«

»So wird es wohl sein.«

»So wird es nicht sein, so ist es ganz bestimmt. Hast du wenigstens daran gedacht, den Maler nach dem Makler oder dem Eigentümer der Wohnung beziehungsweise des Hauses zu fragen? Ich vermute nicht, so wie ich dich kenne. Irgendwoher muß sie schließlich die Schlüssel zu der Wohnung gehabt haben. Das wäre zumindest ein Anhaltspunkt. Vielleicht erfahren wir dadurch mehr. Mit ein bißchen Psychologie müßten wir Auskunft bekommen. Wenn es dir lieber ist, kümmere ich mich darum.«

»Und wenn wir auf diese Weise nichts erreichen?« Seine Zuversicht war ganz schön am Boden, wie sie feststellen mußte.

»Dann haben wir noch ihre Aquarelle. Dir wird nichts anderes übrigbleiben, als alle Ausstellungen, alle Vernissagen zu besuchen, die Tage der offenen Ateliers zu nutzen und deine Künstlerfreunde um Hinweise bitten. Alle Arbeiten, die du siehst, sozusagen einer stilkritischen Analyse zu unterziehen. Und hoffen, daß sie in der Stadt oder zumindest in der näheren Umgebung künstlerisch aktiv ist.«

»Weißt du, wie viele Künstlerinnen es allein in unserer Stadt gibt?«

»Ja, denn ich beschäftige mich rein zufällig beruflich mit Kunst, falls dir das aus dem Gedächtnis entfallen sein sollte! Wie gesagt, sie wird und muß mit diesem Stil nicht in der Kunst Furore machen oder machen wollen. Sie braucht auch nicht für die Öffentlichkeit zu aquarellieren, sie kann die Malerei mit Öl und Arcyl bevorzugen, sie kann Bildhauerin sein. Vielleicht am ehesten, ihre Arbeiten bezeugen eine sehr gute räumliche Auffassung und exzellente anatomische Kenntnisse, wie sie für Bildhauer typischer als für Maler sind.«

»Sie besitzt relativ weiche Hände«, warf er ein, obwohl das kaum ein Argument dagegen war.

»Sagtest du nicht, daß sie kraftvoll zupacken kann? Schon einmal etwas von Handschuhen gehört? Davon, daß man sich durch entsprechende Pflege trotz händischer Arbeit eine weiche Haut erhalten kann? Sie kann modellieren, muß nicht in Stein arbeiten. Es gibt vieles, was möglich ist. Du schreibst neben deinen Übersetzungen und Essays über Literatur, schließlich auch über Kunst, kennst Künstler, Galeristen, Kunstkritiker. Nimm diese Aquarelle oder besser Photos von ihnen, natürlich nur von den unverfänglichen, die man getrost anderen zeigen kann, höre dich um, unabhängig davon, ob wir über den Makler oder den Besitzer der Wohnung etwas Brauchbares erfahren. Vielleicht dauert es, vielleicht kommst du bald zum Ziel. Will sie sich finden lassen, wirst du sie auch finden. Ich bin mir sicher, daß sie sich von dir finden lassen *will*. Aber sie wird es dir in keiner Weise leicht machen, schließlich hat sie dir die leichte Variante über eineinhalb Monate angeboten. Mitunter muß eine Frau mit dir so verfahren. Ich erinnere dich an Marietta. Frauen sind nicht die duldsamen Lämmer, als die sie das Patriarchat gerne sah und sieht, die ehrfurchtsvoll verharren, bis der Mann ihrer Wahl sich bequemt, sich ihnen zu offenbaren. Schmolle nicht wie ein trotziger Schüler, dem seine erste Freundin den Laufpaß gegeben hat, weil er sich allzu linkisch angestellt hat. Du bist zu beneiden, nicht zu bedauern! Die Frage ist vielmehr, ob du es verdienst, daß man um dich einen solchen Wirbel veranstaltet. Ich jedenfalls finde es herrlich, eine solche Liebesgeschichte mitzuerleben. Ich werde dich auf deiner Suche begleiten, um dich etwas vor dir selbst zu schützen. Du hast schon zuviel Fettnäpfchen auf deinem Weg getroffen. Ich mache das aus Eigennutz, da ich es andernfalls nicht verhindern kann, daß du deinen Kummer bei mir ablädst. Das selbstlose, fürsorgliche, mütterliche, für so gut wie alles verständliche Frauchen liegt mir nicht, das weißt du.«

»Du kannst einem Mut machen«, sagte er in einem erneuten Anflug von Selbstmitleid.

Sie ging nicht auf seine Bemerkung ein, die ihr vielleicht auch entgangen war.

Er unterdrückte mühsam einen Seufzer. Leider hatte sie recht, sie kannte ihn zu gut. Dennoch tröstete sie ihn mit diesen Worten mehr als mit jeder Form von Verständnis, schließlich eröffnete sie ihm eine Perspektive.

Er besaß das Gefühl, daß die eigentliche Geschichte erst jetzt begann.

Chambre d'Amour

Das Gewitter kam plötzlich aber nicht unerwartet. Er schaffte es gerade noch einen schützenden Hausdurchgang zu erreichen, bevor der Himmel seine Schleusen öffnete. Der Himmel war fast schwarz, Blitze zuckten, der Donner grollte ungewöhnlich laut, der Regen peitschte durch die Straßen; das Gewitter befand sich genau über dem Stadtteil. Das Wasser konnte gar nicht so schnell abfließen, wie es von oben kam. Die auftreffenden Tropfen bildeten auf der dünnen, alles überziehenden Wasserschicht Blasen, in den Straßenrinnen hatten sich reißende kleine Bäche gebildet. Keine Menschenseele war mehr zu sehen.

Er lehnte sich mit der linken Schulter an die Wand des Durchgangs, beobachtete interessiert das Naturschauspiel, das sich ihm bot. Was blieb ihm auch anderes übrig, wollte er nicht innerhalb weniger Augenblicke bis auf die Haut durchnäßt werden.

Es mochten ein paar Minuten vergangen sein, als er hinter sich eine Tür gehen und darauf dieses gewisse Klacken hörte, wie es nur hohe Absätze auf Betonplatten erzeugen können. Eine Melodie, die ihn stets mit einem leichten, angenehm sinnlichen Gefühl erfüllte. Es waren kraftvolle, entschlossene Schritte, die sich schnell näherten. Er widerstand dem ersten Drang, sich umzudrehen, weil er kaum mehr als Umrisse gesehen hätte, lag doch der ganze Durchgang im Dunkel. Die Schritte verstummten auf seiner Höhe, kurz darauf vernahm er einen ungehaltenen Seufzer, der zur Hälfte in einem erneuten Donner unterging. Erst jetzt blickte er leicht zur Seite, konnte es viel unauffälliger tun, als wenn er sich sogleich, kaum daß er den ersten Schritt vernommen hatte, umgedreht hätte.

Also, in diesem Fall konnte das Gewitter ruhig noch etwas dauern, war sein erster Gedanke, als er sie sah. Sie war groß, wäre es auch ohne ihre hohen Absätze gewesen. Ihre Schuhe waren aus schwarzem, fast handschuhweichem Leder, handgenäht und unübersehbar auf ihren schlanken Fuß gearbeitet. Schwarze hauchzarte Strümpfe umhüllten schmale Fesseln und wohlgeformte Waden. Ihren blauen Trenchcoat hatte sie eng gegürtet, was ihre Taille schmaler erscheinen ließ als sie tatsächlich war und ihre Oberweite betonte. Das mittellange üppige blonde Haar wirkte auf den ersten Blick leicht struwwelig, doch alles andere als nachlässig, eher als hätte sie es erst vor kurzem frisch gewaschen und nach dem Trocknen nicht gekämmt, was ihm, je länger er sie betrachtete, als wahrscheinlich galt. Es war diese Art gepflegter ›Nachlässigkeit‹, die den Eindruck erwecken soll, daß eine Frau gerade aus den Armen ihres Liebhabers kommt, und sie es gar nicht einsieht, warum sie die Spuren der genossenen Lust schamhaft verstecken sollte.

Sie blickte trotzig aus schönen dunkelbraunen, unter dichten Brauen liegenden Augen in den Regen hinaus, als empfände sie das Wetter als persönlichen Affront, biß nervös auf ihren vollen Lippen herum. Die Hände hatte sie in die Manteltaschen geschoben. Sie tippte, ihre Ungeduld damit zusätzlich unterstreichend, mit der rechten Fußspitze auf den Boden, drehte den Fuß gelegentlich auf dem Absatz hin und her, was ein scharrendes Geräusch verursachte. Sie schenkte ihm offensichtlich keinerlei Beachtung, tat, als sei er gar nicht vorhanden.

Vielleicht stimmte ja seine Vermutung und sie hatte in diesem Haus ihren Liebhaber für ein kurzes, frühnachmittägliches Schäferstündchen besucht. Darüber hatten sie die Zeit vergessen, bis ihr schlagartig bewußt wurde, daß ihr keine mehr blieb, sich in Ruhe anzuziehen, die Haare zu kämmen, das Make-up aufzufrischen. Sie war hastig aus dem Bett gesprungen, eilig in ihre Kleider geschlüpft, hatte sich im Bad noch schnell die Lippen nachgezogen, die Augen mit dem Kajalstift umrandet, war in ihren Mantel geschlüpft, während sie ihm noch einen letzten, flüchtigen Kuß gab, der trotzdem ein ›Danke‹ war für die schönen Stunden, die wie immer leider viel zu kurz gewesen waren, hatte die Wohnung verlassen und war die Treppen hinuntergeeilt. Jetzt hielt sie dieses heftige Gewitter hier im Hausdurchgang fest. Der Grund für ihren überstürzten Aufbruch, ihre Ungeduld konnte mehrere Ursachen haben, ein wichtiger geschäftlicher Termin oder gar die zurückkehrende Ehefrau oder Lebenspartnerin des Geliebten, oder daß ihr Ehemann, ihr Lebenspartner sie um eine bestimmte Stunde zurückerwartete.

Im ersten Fall entging ihr vielleicht ein lukrativer Auftrag, bei den beiden anderen Möglichkeiten konnte es eine unangenehme

Begegnung sein, vielleicht kannten sich beide Frauen ja, war die feste Beziehung am Ende eine gute Freundin.

Es blitzte und donnerte ohne Unterlaß und der Regen fiel mit unverminderter Heftigkeit.

Natürlich waren das alles nur wilde Vermutungen, ihre Ungeduld, der Anlaß ihres Aufenthaltes in diesem Haus konnte ein banaler sein, der Besuch einer Freundin beispielsweise – daß sie hier wohnte, schien wenig wahrscheinlich, dann hätte sie das Ende des Gusses in ihrer Wohnung abgewartet, was gleichfalls die Möglichkeit eines Besuchs auch nicht wahrscheinlicher als seine romantischeren Spekulationen sein ließ, dann hätte sie ebenfalls im Haus das Gewitter abwarten können, wäre zudem dazu aufgefordert worden, denn welcher Gastgeber läßt seinen Gast schon im Gewitterguß gehen? Einzig ihre jetzige Ungeduld konnte ihren Grund in der Ohnmacht gegenüber den Naturgewalten haben, die sie hier festhielten.

Mit einem resignierenden Seufzer schien sie einzusehen, daß sie das Ende des Gusses wohl oder übel würde abwarten müssen, wollte sie nicht förmlich geduscht werden, denn ihr Mantel hätte sie lediglich vor einem leichten Regen hinreichend geschützt. Zudem war ihr Schuhwerk nur bedingt für Regenspaziergänge geeignet. Sie schien sich ins Unvermeidliche zu fügen, denn sie lehnte sich mit der rechten Schulter an die ihm gegenüberliegende Wand des Durchgangs.

Er schien für sie weiterhin nicht vorhanden zu sein, sie hatte bisher nicht einmal den Blick zu ihm gewendet. Es schien sie auch nicht zu interessieren, daß er sie beinahe unverhohlen, wenn auch nicht aufdringlich, sondern vielmehr bewundernd betrachtete, was nur selten abwehrende Reaktionen hervorrief, denn wann wurde einem schon einmal die Wartezeit im schützenden Hausdurchgang auf das Ende eines Gewitters durch die Gegenwart einer interessanten Frau verkürzt?

Ab und zu biß sie ungeduldig auf die Unterlippe, scharrte ungehalten mit dem Fuß und sah weiterhin zornig in den Regen hinaus.

Das Gewitter zog sich ungewöhnlich lange hin oder kam es ihm nur so vor? Nur langsam wurden die Pausen zwischen den Blitzen länger, der Donner leiser. Der Regen dagegen hatte kaum etwas von seiner Heftigkeit eingebüßt. Ein Auto fuhr langsam vorüber, das Wasser spritzte in Fontänen zu beiden Seiten auf, die Scheibenwischer liefen auf höchster Stufe, trotzdem durfte der Fahrer kaum etwas sehen.

Seine schöne ›Leidensgenossin‹ löste sich von der Wand. Für den Augenblick befürchtete er schon, sie könne die Geduld verloren haben, und doch in den Regen hinausgehen, es in Kauf nehmen, schon nach wenigen Schritten durchnäßt zu sein, damit zu demonstrieren, daß sie die Dominanz der Natur nicht akzeptierte, doch sie ging nach hinten, in den dunklen Teil des Durchgangs, dort wo die Tür sein mußte, aus der sie gekommen war. Er meinte schon leicht enttäuscht, sie würde wieder ins Haus zurückgehen, doch sie ging auf die andere Seite, wo die Mauer einen leichten Versprung machte und einige Mülltonnen standen. Sie hockte sich dahinter. Kurz darauf hörte er ein leichtes Prasseln auf dem Pflaster. Er mußte schmunzeln. Sie pinkelte hier im Durchgang, als sei sie allein und bestünde auch keine Gefahr, daß plötzlich jemand aus der Tür kommen könnte, die genau gegenüber der Stelle war, wo sie hockte und von wo aus die Tonnen sie nicht so gut verdeckten.

Als sie fertig war, verharrte sie noch einen Augenblick, dann stand sie auf, schritt nun gemächlich nach vorne, und nahm ihre alte Stelle an der Wand wieder ein, die Hände lässig in den Manteltaschen. Sie wirkte nun nicht mehr ungeduldig, fast schon als sei es ihr gleich, wie lange der Regen noch dauerte, der schon merklich nachgelassen hatte, aber immer noch zu heftig niederging, um sich schon aus dem Schutz des Durchgangs wagen zu können.

Sie strich sich eine Haarsträhne aus der Stirn. Er lächelte ihr freundlich zu. Doch sie ignorierte ihn scheinbar weiterhin, dennoch umspielte ihre Augen ein schwaches, zustimmendes Lächeln, besaß ihre Haltung absolut nichts Abweisendes.

Als nur noch vereinzelte Tropfen fielen – das Gewitter endete fast so plötzlich wie es begonnen hatte – trat sie unvermittelt aus dem Durchgang heraus, verharrte einen Augenblick, als sei sie unschlüssig, ob ihre getroffene Entscheidung die richtige sei, und schritt kraftvoll aus.

Er zögerte nicht einen Moment und folgte ihr. Für ihn gab es in diesem Augenblick dazu keine Alternative. Sie mochten eine halbe Stunde zusammen in dem Durchgang gestanden haben, aber diese halbe Stunde, hatte eine Vertrautheit zwischen ihnen hergestellt, die es ihm fast als Sakrileg hätte erscheinen lassen, ihr nicht zu folgen, denn daß er ihr folgen sollte, war offensichtlich.

Sie ging schnell, die Hände in den Manteltaschen, den Blick entschlossen geradeaus gerichtet, die Straße entlang. Er hielt einen Abstand von nur wenigen Schritten. Betrachte angetan ihre Rückfront, ihren festen runden Hintern, der sich bei jedem ihrer Schritte wiegte.

Dieser Teil der Stadt besaß viele verwinkelte Straßen inmitten alter Häuser aus der Gründerzeit. Oft genug mußte er sich beeilen, um sie nicht aus den Augen zu verlieren, wenn sie in eine Seitenstraße einbog und dabei meist auch noch die Straßenseite wechselte.

Es regnete längst nicht mehr, aber der Himmel war immer noch verhangen. Es waren wieder mehr Leute unterwegs, die jedoch weder auf ihn noch auf sie achteten. Während des ganzen Weges sah sie sich nicht einmal nach ihm um. Und doch war er sicher, daß sie darauf bedacht war, daß sie sich nicht verloren, er nicht zu weit zurückblieb.

Er kannte diesen Stadtteil zwar etwas, besaß aber keine Vorstellung davon, wie groß er tatsächlich war, vor allem wie viele kleine Seitenstraßen es hier gab. Sie jedoch schien sich hier bestens auszukennen. Er aber hatte längst die Orientierung verloren, wußte allenfalls ungefähr, wo sie sich befanden, durch die Mehrzahl der schmalen oft nur kurzen Straßen ging er heute zum ersten Mal.

Dabei fragte er sich mehr als einmal, ob sie ihn vielleicht an der Nase herumführte. Doch war es nur die Ungeduld, die ihn so denken ließ.

Sie bog erneut in eine Seitenstraße ein. Er beschleunigte seine Schritte. Für den Moment verlor er sie aus den Augen. Er blieb stehen, lauschte auf das Klacken ihrer Absätze, vernahm es auch in einiger Entfernung, was ihn erleichterte, und schon erblickte er, wenn auch nur für einen Moment, ihren blauen Trenchcoat, da war sie schon in einem der Häuser auf der gegenüberliegenden Straßenseite verschwunden. Auf Anhieb hätte er nicht sagen können, in welchem sie hineingegangen war.

Hier also war ihr ›Spaziergang‹ zu Ende, dachte er leicht enttäuscht. Sollte er sich so in ihr geirrt haben? Irgendwie schien es ihm unsinnig, jetzt einfach aufzugeben.

Er besah sich die infrage kommenden Häuser auf der anderen Straßenseite genauer. Neben zwei der möglichen drei Eingänge hingen große Messingschilder. Eines wies auf eine Kanzlei, das andere auf eine Unternehmensberatung hin, beide schienen ihm gleich wahrscheinlich oder auch gleich unwahrscheinlich, je nach Standpunkt, vor allem letzteres traf zu, wenn er den Eingang zwischen beiden in Betracht zog. Er führte zu einem Hotel, das im hinteren Teil des Hauses lag. Eine bescheidene Leuchtreklame über dem Eingang, die einem fast entging, wenn man nur flüchtig hinsah, wies darauf hin.

Es war eines dieser kleinen Hotels mit einer Handvoll Zimmer, gepflegt, durchaus stilvoll eingerichtet, nicht zu teuer, wo man sich mehr als Freund des Hauses denn als Gast fühlt, deren Zimmer man ganz gewöhnlich tageweise, aber auch stundenweise mieten konnte, wenn der Portier sah, das hier nicht bloß ein ›Geschäft‹ abgewickelt werden sollte, sondern zwei Verliebte ein paar schöne Stunden miteinander verbringen wollten.

Diese Entdeckung gab ihm seine Zuversicht wieder, denn es schien ihm als der Eingang, in dem sie verschwunden war. Er zögerte leicht, ein letzter Zweifel, ob er nicht doch Opfer eines Wunschdenkens war, bestand noch. Er schüttelte diesen aber schnell ab – so sehr konnte er sich schließlich nicht getäuscht haben – und ging, wenn auch mit leicht klopfendem Herzen, über die Straße auf den Eingang zu.

Das Tor stand offen. Er betrat einen langen Durchgang, der gut beleuchtet war. Am Ende gelangte man in den Hof, kurz davor war der Eingang zum Hotel. Er ging die beiden Stufen hinauf und öffnete die Glastür, die in einen nicht sehr großen Vorraum führte, der eine kleine Sitzgruppe vor dem Fenster, das zum Hof hinaussah und die Portiersloge beherbergte. Linker Hand befand sich die Treppe, die nach oben in die Zimmer führte und eine Tür, durch die man vermutlich in den Frühstücksraum gelangte. In der Portiersloge stand eine Frau irgendwo in den Fünfzigern, in dezenter Eleganz gekleidet, wahrscheinlich die Besitzerin. Ihre Blicke trafen sich, sie musterte ihn kurz, was ihm etwas unangenehm war, denn er wußte nicht, was er sagen sollte. Sich einfach zu entschuldigen, weil er sich in der Tür geirrt hatte, wäre zu dümmlich gewesen. Ehe er sich eine passende Erwiderung ausdenken konnte, hellte sich ihr Blick erkennend auf und sie lächelte ihm ermunternd zu. Er trat bis fast an die Theke, versuchte unbefangen zu wirken.

»Die junge Dame, die Sie suchen, erwartet Sie auf Zimmer 7 im zweiten Stock«, sagte sie freundlich, »die Treppe hinauf und dann die zweite Tür links.«

Er bedankte sich freundlich und nahm den bezeichneten Weg. Ein dicker Teppich dämpfte die Schritte. Auf der zweiten Etage angekommen, sah er sogleich den Lichtschimmer, der durch die benannte leicht geöffnete Türe fiel. Er zögerte kurz, wurde sich des Außergewöhnlichen dieser Situation zum erstem Mal wirklich bewußt. Er fürchtete für den Moment gar, daß nicht er gemeint war, daß die Frau unten ihn verwechselt haben könnte und die Frau dort im Zimmer nicht ihn erwartete, oder – was kaum peinlicher wäre – dort jemand anderer war.

Seine Hand zitterte, als er sie auf die Klinke legte. Er mußte kurz innehalten und tief durchatmen. Andererseits hatte er sich bereits zu weit vorgewagt, um jetzt einfach wieder nach unten gehen zu können und das Hotel verlassen, ganz zu schweigen davon, daß die Schöne aus dem Durchgang einen so nachhaltigen Eindruck bei ihm hinterlassen hatte, daß er sie unbedingt kennenlernen wollte, auch wenn sich daraus nichts anderes als ein angenehmes Gespräch entwickeln sollte. Also gab er sich einen inneren Ruck und öffnete die Tür ganz.

Nein, ein Irrtum lag sicherlich und zum Glück nicht vor. Dort im Sessel unter dem Fenster gegenüber dem breiten Messingbett, das mit roter Seidenwäsche bezogen war, saß seine Schöne aus dem Durchgang. Sie hatte die Beine übereinandergeschlagen, wippte gedankenverloren und keinesfalls ungeduldig mit dem rechten Fuß, die schönen schlanken Hände mit den halblangen unlackierten Nägeln lässig auf den Armlehnen liegend. Den Mantel hatte sie geöffnet, darunter trug sie ein kurzes, körperbetontes Kleid aus dunkler Seide, zudem war ein schmaler Streifen der Spitzenränder ihrer halterlosen Strümpfe zu sehen. Daß das Zimmer anheimelnd war, adrett und stilvoll eingerichtet, auf das breite bequeme Bett ein schwacher Sonnenstrahl fiel, der erste, der durch die dichten Wolken drang, und auf dem Boden helle Teppiche lagen, nahm er nur am Rande wahr. Sein Augenmerk galt einzig ihr.

Als sie ihn sah, lächelte sie ihm aufmunternd zu. Er erwiderte ihren Blick und ihr Lächeln.

Kaum hatte er die Tür hinter sich geschlossen, stand sie auf und kam langsam auf ihn zu, jeden Schritt bewußt tuend. Sie legte nicht bloß eine Entfernung zurück, sondern durchmaß eine Distanz, den Blick auf ihn gerichtet, den seinen suchend. Er wich ihrem nicht aus, konnte es gar nicht, verspürte zugleich nicht nur Begehren nach ihr, sondern vor allem Vertrauen. Jeder Schritt, es waren kaum vier, brachte sie ihm nicht lediglich räumlich näher, sondern vor allem persönlich. Ihr Lächeln beinhaltete nicht nur Ermunterung und Einladung, sondern im gewissen Sinne auch leichten Triumph darüber, daß er ihrem Zauber erlegen war. Er konnte es schon bei ihrem ersten Schritt kaum mehr erwarten, bis sie endlich dicht vor ihm stand, sie sich berühren konnten.

Sie blieb dicht vor ihm stehen, legte ihm zärtlich die Hände auf die Schultern, berührte seine Lippen mit den ihren, von denen ein leichter Himbeergeschmack ausging, massierte sie sanft mit ihren, und schob ihm die Zunge, zuerst etwas vorsichtig, so wie man gemeinhin die ersten Schritte auf neuem Territorium zu machen pflegt, zwischen die Lippen, um ihm sie dann, als sie keinerlei Widerstand von seiner Seite her verspürte, sondern durch seine halbgeöffneten Lippen sogar Bereitwilligkeit erkannte, forsch in den Mund zu schieben. Bei der ersten Berührung ihrer Zungenspitzen durchströmte beide eine Art leichter, sinnlicher Schlag. Ebenso genüßlich wie sie ihn küßte, erwiderte er ihr Zungenspiel, für ihn der Beweis, daß sie alles andere als Fantasie war.

Während sie sich küßten, voll von ruhigem Genuß wie zwei alte Gourmets, streifte sie ihm die Jacke über die Schultern, so daß sie langsam zu Boden glitt, knöpfte ihm mit geschickten Fingern das Hemd auf. Sie zog ihn langsam aus, ohne dabei mit der Intensität ihrer Küsse nachzulassen.

Es dauerte nicht lange und er stand nackt vor ihr. Sie selbst war noch immer angezogen, hatte es verstanden, alle seine Versuche, den Reißverschluß ihres Kleides zu öffnen, geschickt abzuwehren, doch ohne ihm dabei irgendwie das Gefühl zu vermitteln, daß ihr seine Berührungen unangenehm wären. Er verstand, daß sie, zumindest vorerst, noch nicht bereit war, ihr Kleid abzulegen, sie die Führung behalten wollte, und legte dafür lieber seine Hände auf ihre Hüften, spürte ihren warmen, festen Frauenkörper durch die dünne Seide des Kleides hindurch, stellte dabei fest, was ihn aber nicht sonderlich überraschte, daß sie nichts darunter trug.

Wie er nun nackt vor ihr stand – sie hatte keine Sekunde ihre Lippen von seinen genommen und mit ihrem Zungenspiel innegehalten – schmiegte sie sich an ihn und begann ihn leicht zu streicheln. Er fühlte nun ihren, durchaus muskulösen Körper durch die dünne Seide ihres Kleides hindurch, schloß kurz die Augen, um sie besser mit der Haut wahrnehmen zu können.

Sie standen nur wenige Minuten so da, während denen sie den anderen mit dem eigenen Körper ertasteten, dann schob sie ihn sanft aber bestimmt zum Bett, hieß ihn, sich rücklings daraufzulegen, was er mehr als bereitwillig tat. Die Rollen in diesem Spiel waren endgültig verteilt, sie war die Verführerin und er würde seine passive Rolle genießen. Kaum daß er auf dem Bett lag, die kühle Seide sich durch seine Berührung erwärmte, beugte sie sich schon über ihn, und begann ihn am ganzen Körper zärtlich zu streicheln, berührte ihn mehr als einmal mit der Zunge, umspielte seine Brustwarzen mit ihrer, biß sogar leicht hinein, was ihm im ersten Augenblick unangenehm war, doch kurz darauf stellte sich ein so wonniges Gefühl dort ein, daß er ihr nicht böse war. Sanft aber bestimmt, hatte sie auch diesmal seine Versuche, die mehr automatisch als bewußt geschahen, sie gleichfalls zu streicheln, abgewehrt. Weil er nicht das Risiko eingehen wollte, daß sie sich, bei einer allzu großen Hartnäckigkeit seinerseits, von ihm abwandte, fügte er sich nun vollends ihrem Wunsch. Er wollte sich ihre Gunst nicht verschenken. Dieses Erlebnis war viel zu schön, zu einzigartig, als daß er so töricht sein würde, es durch eine Unachtsamkeit, durch männliche Eitelkeit zu zerstören, das hätte er sich niemals verzeihen können. Nein, er würde diese Schöne nicht enttäuschen, nicht auf eine derart banale Weise. Also blieb er ruhig liegen, genoß mit halbgeschlossenen Augen, den Blick auf sie gerichtet, ihre Liebkosungen, lauschte auf die Empfindungen, die sie ihm mit ihren geschickten Händen verschaffte, sog mit den Nüstern ihren Geruch ein, genoß jeden Augenblick. Sie widmete sich ihm ausführlich, wirklich von den Zehen bis zu den Haarspitzen. Er spürte sehr gut, daß es ihr selbst mindestens ebensoviel Vergnügen bereitete wie ihm.

Der Lichtfleck, der bei seinem Eintreten ins Zimmer aufs Bett gefallen war, war auf halber Höhe der Wand angelangt.

Sie lagen schweigend nebeneinander auf dem Bett, matt, aber unendlich zufrieden. Er sah die feuchten Flecke unter ihren Achseln, sog tief ihren Duft ein.

So schön eine derartige Situation auch sein mochte und ihre momentane war sicherlich eine der schönsten, die man sich denken kann, so gibt es immer etwas Banales, was einen leichten Schatten darüber legt; in diesem Falle mußte er dringend aufs Klo.

Er stand auf, verließ auf der anderen Seite das Bett, damit sie nicht dachte, er wollte sie jetzt berühren, ohne den Blick von ihr zu lassen und ging in das kleine Bad. Er erledigte sein ›kleines Geschäft‹ so schnell es ging, wusch sich, nachdem er die Spülung betätigt hatte, mehr als nur flüchtig die Hände und eilte fast ins Zimmer zurück.

Doch welche Enttäuschung; seine schöne, zärtliche Unbekannte war nicht mehr im Zimmer.

Als sein Blick auf den Sessel fiel, auf den sie den Mantel abgelegt hatte, und er ihn dort nicht mehr sah, wußte er, daß sie gegangen war. Sie mußte die Tür leise ins Schloß gezogen haben, als sie die Spülung gehört hatte. Sein erster Impuls ihr nachzueilen, wurde noch im Keim erstickt, als er sich bewußt wurde, daß er ja noch nackt war. Bis er angezogen sein würde, war sie längst über alle Berge. Sie mußte im selben Moment unten den Eingang erreicht haben, als er das Fehlen ihres Mantels entdeckte.

Reichlich enttäuscht setzte er sich aufs Bett, betrachtete fast sehnsüchtig die beiden gebrauchten Kondome, die auf einem Papiertaschentuch auf dem Nachttisch lagen, die einzig wirklich unbestechlichen Zeugen für die Realität der zurückliegenden Stunden.

Mit dem Seufzer der Erkenntnis, weil er sie wohl nie wiedersehen würde, sollte nicht eines Tages der Zufall sein Verbündeter sein, aber zugleich von der schönen Gewißheit erfüllt, daß ihm die Erinnerung dieses Nachmittags mit ihr niemals würde genommen werden können, begann er sich gemächlich anzuziehen.

Erst jetzt, als er die Enttäuschung halbwegs überwunden hatte, fiel ihm auf, daß sie die ganze Zeit über nicht ein Wort miteinander gesprochen hatten, er nicht einmal ihren Namen wußte. Sie war wirklich eine schöne Unbekannte für ihn geblieben.

Nachdem er angezogen war, warf er noch einen letzten Blick auf das Bett, in das Zimmer, dann ging er nach unten.

Dieselbe Frau stand immer noch hinter der Theke, nickte ihm kurz zu und wünschte ihm noch einen »Guten Tag«. Er erwiderte ihren Gruß ebenso freundlich. Für den Moment war er versucht, sie nach der unbekannten Schönen zu fragen. Aber sie würde sicherlich nichts sagen. Zu ihrem Metier gehörte Verschwiegenheit und dieses ›Gelübde‹ würde sie sicherlich nicht einem Fremden zuliebe brechen.

Er trat auf den Gehweg hinaus. Die Sonne stand tief, das Pflaster war fast schon wieder getrocknet, nur hier und da standen noch Pfützen. Die Wolken hatten sich fast alle verzogen. Nachdenklich, aber mit angenehmen Erinnerungen ging er seiner Wege, versuchte den Weg zurückzufinden aus dieser Gegend, die er so wenig kannte. Es gelang ihm auch bald. Aber auch das Hotel würde er so schnell nicht wiederfinden, wenn auch schneller als seine schöne Unbekannte, denn erst jetzt ging ihm auf, daß er sich weder seinen Namen noch den der Straße, in der es lag, gemerkt hatte, so sehr war er in die Erinnerung an die zurückliegenden schönen Stunden vertieft. Über diese ›Nachlässigkeit‹ mußte er laut lachen. Eine vorübergehende ältere Dame musterte ihn streng, als hätte er einen über den Durst getrunken, aber das machte ihm dieses Erlebnis um so kostbarer.

In den folgenden Wochen führten ihn seine Spaziergänge noch oft an jenem Durchgang vorbei, wo er ihr begegnet war, blieb er auch oft lange davor stehen, fast schon so lange, daß er Aufmerksamkeit erregt hätte, aber ihr ist er nie mehr begegnet. Das Hotel hatte er später zwar wiedergefunden, aber er ist nicht hineingegangen, vielleicht weil er fürchtete, daß es nicht mit seiner Erinnerung standhielt, vielleicht weil er einen mitleidigen Blick der Wirtin vermeiden wollte, vielleicht auch, weil er sich mittlerweile fragte, ob dieser Nachmittag nicht bloß in seiner Fantasie existiert hatte, der Anblick des Hotels, das ihn bei einem seiner früheren Gänge durch dieses Viertel aufgefallen war, ohne daß es ihm bewußt geworden war, ihn dazu animiert hatte, sich so die endlose Wartezeit im Durchgang auf das Ende des Gewitters zu verkürzen. Selbst wenn es so gewesen sein sollte, wenn es ›nur‹ ein Tagtraum war, nahm ihm das nichts von seiner Schönheit.

Ein Bewunderer

Die Beine der Frauen sind wie Zirkel, welche den Erdball in allen Himmelsrichtungen ausmessen und ihm sein Gleichgewicht und seine Harmonie geben

aus «L'homme qui aimait les femmes»
von François Truffaut

Würde er gefragt, wie er sich sehe, so würde er ohne großartig nachzudenken und mit einem gewissen Stolz, vorausgesetzt, der Betreffende habe sein Vertrauen erweckt, antworten: als ein Verehrer schöner Beine. Begleitet von einem Lächeln, das den dezenten Genießer verrät.

Je nach Naturell könnte die Reaktion darauf von verständnislosem Kopfschütteln über eine derart wunderliche Eigenart bis hin zur Freude reichen, einen Gleichgesinnten im Geist getroffen zu haben. Wir gehen einmal davon aus, daß unser Frager sich vom Wesen her irgendwo in der Mitte bewegt. Höflich würde er erwidern, doch mit unüberhörbarem Unterton, der keinen Zweifel daran ließ, daß er es nicht ganz nachvollziehen könne, schließlich mögen doch die meisten Männer schöne Frauenbeine, wenn sie auch selten zu sehen seien, und nicht nur, weil viele Frauen, vor allem die, die es sich ›leisten‹ könnten, lieber Hosen als Röcke tragen.

Unser Freund würde auf eine solch naive Aussage nachsichtig lächeln. Und sogleich mit einem gewissen missionarischen Eifer dem anderen zu erklären versuchen, wie einseitig doch der allgemeine Schönheitsbegriff sei. Nicht nur, weil den Leuten von allen Seiten suggeriert wird, was schön zu sein hat, ohne daß jemals auch nur im Ansatz ernsthaft versucht wird, das Warum zu begründen.

Zudem, würde unser Freund ruhig und nicht weniger eindringlich fortfahren, gebe es per se keine wirklich häßlichen Frauenbeine, einmal von Krankheit und der Nachlässigkeit ihrer Besitzerinnen gezeichneten abgesehen.

Hier würde er eine Pause machen, seine Worte auf den anderen wirken lassen und vielsagend lächeln.

Nach dieser kurzen Einschränkung würde unser Freund vielleicht so fortfahren: Es gibt kräftige Beine, muskulöse Beine und stämmige Beine, was nicht das Gleiche ist; schlanke Beine, lange Beine, kurze Beine, schlichtweg normale Beine, die weder das eine noch das andere sind, die eigentlich alle Merkmale enthalten, von denen aber keines derart dominiert, daß es eine Einordnung in eine der ›speziellen‹ Kategorien rechtfertige. Es ließen sich noch beliebig viele Kategorien entwickeln, die alle ihre ganz eigenen Reize besäßen.

An dieser Stelle würde dem Fragenden wohl zum ersten Mal bewußt werden, wie eingeschränkt seine Sehweise bisher gewesen ist. Somit ist seine Neugier geweckt, mehr von dem Bewunderer zu erfahren. Und wie jeder Bewunderer, so spricht auch der unsere gerne über seine Passion, hat er einen geneigten Zuhörer gefunden.

Er würde ihm erzählen, daß er nicht unbedingt die kurzen Röcke bevorzuge, obwohl sie eine nahezu ungehinderte Sicht auf die Beine ihrer Besitzerin gewähren, dafür jedoch der Fantasie keinen Raum mehr ließen. Ein Bewunderer liebt auch das Geheimnisvolle, das sich den Blicken eben nicht sogleich offenbart. Ihm sagen die über die Knie reichenden Röcke, die nahezu wadenlangen, mehr zu, die nur die Hälfte der Waden zeigen, den Beginn dieser mal mehr weniger ausgeprägt geschwungenen Linie, die Fesseln. Den Rest gebe er lieber seiner Fantasie anheim. Zarte Strümpfe in allen Farben und hochhackiges Schuhwerk, bevorzugt mit schlanken, nicht zwingend dünnen Absätzen, sind seinen Augen ein Labsal. Aber auch flache Schuhe können unter Umständen einen reizvoll harmonischen Abschluß bilden. Klobiges Schuhwerk jedoch stößt ihn ab, konnte selbst ein ungewöhnlich vollkommenes Bein in seinen Augen entstellen.

Nachdem sich unser Bewunderer seiner Schwärmerei hingeben, seinen Zuhörer gefesselt und er vorerst geendet hat, könnte eigentlich nur noch eine Frage gestellt werden; an welchen Orten er seiner Passion fröne.

Überall, würde unser Freund, dem dies reichlich naiv erschien, mit einer euphorischen Geste antworten. Man müsse nur die Augen offenhalten, im Bus, in der Bahn, im Zug, auf der Straße, im Café, im Restaurant, in der Oper, im Theater, im Museum. Überall, wo Menschen sind. Darum benutze er auch nur öffentliche Verkehrsmittel. Nirgendwo sonst besitze man diese Ruhe. Wenn eine Frau in der Zeitung, in einem Buch lese, oder ihren Gedanken nachhinge, aus dem Fenster sähe, habe sie die Beine in der Regel übereinander geschlagen.

Der andere begriffe schnell, mit welchen Scheuklappen er bisher durch die Welt geschritten war und schämte sich innerlich etwas seiner Ignoranz. Und verbarg das hinter der voyeuristischen Frage, ob er denn nie das Objekt seiner Bewunderung auch begehrt habe.

Hier nun würde die Antwort nicht so schnell wie auf die Fragen zuvor kommen. Unser Freund wäre sogar leicht im Zweifel, ob er antworten solle, was den anderen etwas verwirrte und er sich über seine eigene, voreilige und vermeintliche Indiskretion ärgerte.

Nein, würde er fast schon zu entschieden erwidern. Nicht daß er sich nicht die Zeit nehmen würde, nicht auch einen Blick auf das Gesicht der Betreffenden zu werfen, ihren Blick zu suchen. Doch für mehr seien die Begegnungen in der Regel zu kurz.

Wirklich nie, insistierte sein Gegenüber fast schon mit einem diabolischen Lächeln, denn so gelang es ihm, die eigene Unsicherheit über die Rechtmäßigkeit der Frage überdecken.

Unser Freund würde kurz den Blick abwenden und einen Schluck von seinem Kaffee nehmen. Sie saßen an diesem sonnigen Tag auf der Terrasse eines Cafés. Dann würde er sich entschließen, die Wahrheit zu sagen, schließlich hatte er dem anderen schon zuviel Vertrauen geschenkt, um sich jetzt noch zurückziehen zu können.

Doch, würde er einräumen, ein einziges Mal. Er sah auf die Uhr. Es war noch Zeit. Warum sollte er es nicht erzählen? Sein gegenüber würde diese kleine Anekdote sicherlich zu schätzen wissen. Er war ein kultivierter, ein gebildeter Mensch. Vielleicht würde er auch für sich eine Lehre daraus ziehen können. Und er beginnt zu erzählen, der Aufmerksamkeit des anderen gewiß seiend.

Für einige Wochen mußte er beruflich jeden Tag in einen etwas entfernteren Ort fahren. Selbstverständlich nahm er den Zug. Dieser benötigte rund eine Stunde. Was für andere eine Qual gewesen wäre, war für ihn natürlich ein Vergnügen. Zu der Zeit, wo er seine Fahrt antrat, war der Zug halb leer. Wie gewöhnlich setzte er sich in den mittleren Waggon. Der Zufall enttäuschte ihn nicht.

Schon zwei Stationen später stieg eine junge Frau ein. Sie war ihm bereits auf dem Bahnsteig aufgefallen, obwohl er sie nur kurz bei der Einfahrt des Zuges gesehen hatte. Als sie den Gang entlang kam, eine Tasche unter dem Arm, sah er, daß sie einen wadenlangen, dunklen Rock und schwarze Strümpfe trug. Sie mochte etwa dreißig sein. Sie war hübsch, mit kurzen, dichten, fast schwarzen Haaren, die ihre vollen, tiefrot geschminkten Lippen förmlich leuchten ließen. Sie war schlank, aber nicht von der extremen Schlankheit, die heute gerne als Ideal propagiert wird und letztlich nur Magerkeit ist. Im Vergleich hierzu konnte sie fast schon als mollig bezeichnet werden.

Zielsicher steuerte sie die Bank auf der anderen Seite des Ganges ihm gegenüber an. Es schien wie abgesprochen. Sie setzte sich, stellte ihre Tasche neben sich und schlug sogleich die Beine mit damenhafter Eleganz übereinander. Sie zählte offenkundig zu den Frauen, die sich der Schönheit ihrer Beine bewußt sind, die sie gerne bewundert sehen und die Komplimente über sie genießen. Überhaupt schien sie ein Glücksfall zu sein.

Für ihn ist die Art, wie eine Frau die Beine übereinanderschlägt, beredt genug. Da gibt es das nachlässige, das gelangweilte, das trotzig abwehrende, das selbstverständliche, das nur an die eigene Bequemlichkeit denkende Übereinanderschlagen. Es gibt das mädchenhafte, das burschikose, das gezierte und das provokante, das kokette, das sinnliche, ja es gibt sogar ein lüsternes, das eigentlich eine offene Aufforderung zur gemeinsamen Unzucht ist, das jedoch nur in intimen Stunden wirklich zur Ausführung kommt.

Der Zug fuhr an. Sie holte eine Zeitung aus der Tasche und begann aufmerksam darin zu lesen. Er dagegen ließ seine Blicke unauffällig auf ihren Beinen ruhen.

Sein Blick begann beim Saum ihres Rockes, der jetzt etwa eine Handbreit unter dem Knie endete. Es war ein weicher, ein feiner Stoff, der sanft zu der Haut ist, sie zärtlich berührt. Ihre Strümpfe waren fast blickdicht. Vermittelten aber nicht den Eindruck, daß sie sie trug, weil sie eine weniger anziehende Haut verbergen wollte. Ihre Wade verlief in einer fließenden, einer fast vollkommenen Kurve, wie er sie schon seit Wochen nicht mehr zu sehen bekommen hatte und endete in einer ungewöhnlich schmalen und zarten Fessel, die vom Riemchen ihrer schwarzen Schuhe umfangen wurde. Die Absätze waren von mittlerer Höhe, wie sie derzeit in Mode waren.

Es war nicht so, daß er während der ganzen Fahrt ausschließlich auf ihre Beine gesehen hätte. In regelmäßigen Abständen sah er auch auf ihre Hände, denn Hände erzählen mindestens ebensoviel über ihren Besitzer, ihre Besitzerin, wie Beine. Die ihren waren schlank, mit kurzen, unlackierten Nägeln. Es war ihnen anzusehen, daß ihre Besitzerin sie mit Sorgfalt behandelte. Ebenso verfing sich sein Blick auf ihrem Antlitz, ihren Lippen, die manchem zu stark geschminkt sein mochten, aber mit ihrem Typ harmonierten. Sie hielt die Lippen leicht geöffnet. Es gelang ihm aber nicht herauszufinden, ob es an einer zu kurzen Oberlippe lag oder Gewohnheit war.

Immer wenn der Zug sich einer Station näherte, sein Tempo drosselte, bedauerte er schon, daß sie gleich aussteigen und er sie vermutlich nie wiedersehen würde. Es war kein enttäuschtes Bedauern, keines über eine verpaßte Gelegenheit. Er hatte bisher nie eine der Frauen, auf deren Beine seine Blicke bewundernd geruht hatten, angesprochen. Es war das Bedauern über das unvermeidliche Ende eines schönen Augenblicks, in dem auch die nüchterne Akzeptanz des Unwiederbringlichen liegt. Wer bewundert, zieht den Genuß aus dem Bewundern an sich, nicht aus dem möglichen Besitz des Objektes seiner Bewunderung. Der Besitz ist dem Bewunderer unwichtig, im Gegenteil, Besitz bindet. Er muß unabhängig sein, um vorbehaltlos bewundern zu können. Wer besitzt, schätzt seinen Besitz im Wert höher ein als anderes. Außerdem hätte es das Objekt seiner Bewunderung aus der Anonymität gerissen, hätte ihn in die Banalität ihres Alltags geführt. Ihre vielleicht eintönige Arbeit, daß Kinder und ein Mann, der die Schönheit ihrer Beine, ihre Attraktivität längst nicht mehr sah, auf sie warteten. So konnte er, wenn er wollte – und manchmal tat er es auch – ihr eine Biographie geben, die ihrem Bild einen harmonischen Abschluß gab.

Aber sie faltete ihre Zeitung auch vor dieser Station nicht zusammen, fuhr noch eine weitere mit ihm, und noch eine. Erst eine Station bevor er selbst ausstiegen mußte verließ sie den Zug. Er sah ihr vom Fenster aus nach, wie sie flinken Schrittes zum Ausgang ging. Der Zug ruckte an. Er lehnte sich zufrieden zurück, zufrieden darüber, daß sie solange seine Reisegefährtin gewesen war. Wieder eine Schöne mehr in seiner ›Sammlung‹, die wie ein vorüberfliegender Schmetterling auf immer seinen Blicken, seiner Gegenwart entflogen war.

Lange hatte er nicht Gelegenheit, der Erinnerung nachzusinnen, da er sich nun seinerseits bereit machen mußte, denn er mußte ja an der folgenden Station aussteigen.

Am frühen Abend saß er im Zug, der in die Gegenrichtung fuhr, gespannt darauf, was sich ihm diesmal bieten würde. Zwar erhoffte er sich kein gleiches Erlebnis wie auf der Hinfahrt. Es geschah äußerst selten, daß er mehr als einer besonderen Frau am Tag begegnete. Aber man konnte ja nie wissen.

Er staunte nicht schlecht, als an der nächsten Station seine Schöne vom heutigen Morgen einstieg und sich – was für ein angenehmer Zufall! – ihm wieder gegenüber auf die andere Seite des Ganges setzte, wieder in der gleichen Weise die Beine übereinanderschlug. Diesmal las sie keine Zeitung, sondern ein Buch, dessen Titel er aber nicht entziffern konnte. Die Gnade dieses besonderen Zufalls nutzend, hing er förmlich mit den Blicken an ihren schönen Waden, ihren schmalen Fesseln, ihrem schlanken Fuß, ihren hochhackigen Schuhen, ganz als sei er sich bewußt, daß es das letzte Mal sei, daß ihm ein solcher Anblick gewährt würde. Mit einem tiefen inneren Seufzer sah er ihr nach, als sie an ihrer Station den Zug verließ.

Nachdenklich ging er die wenigen Schritte vom Bahnhof zu seiner Wohnung.

Wie merkwürdig doch manchmal das Leben verläuft, dachte er. Es war das erste Mal, daß er derselben Frau, deren Beine er bewundert hatte, an ein und demselben Tag zweimal begegnete. Fast immer sah er sie nur ein einziges Mal. Wenn er sie überhaupt wiedersah, dann nur im Abstand von mehreren Tagen, oft Wochen oder gar Monaten.

Am nächsten Morgen saß er wieder im Zug und zu seiner Überraschung stieg auch die Schöne wieder ein. Doch so angenehm ihm dieses erneute Wiedersehen war, so enttäuscht war er zugleich. Trug sie doch heute eine Hose, wenn auch eine enge aus braunem Leder. Diese sagte ihm, daß sie muskulöse Schenkel hatte, die aber eine ideale Fortsetzung ihrer schön geschwungenen Waden waren. Diesmal konnte er einzig ihre schmalen Fesseln bewundern, was ihn nicht wirklich befriedigte. Zumindest entschädigten ihn ihre hellen zarten Strümpfe, die eine makellose Haut durchscheinen ließen und ihre hochhackigen Schuhe etwas. Dafür warf er häufiger und länger den Blick auf ihr Antlitz. Er entdeckte, daß sie tiefbraune Augen, dichte Brauen und lange

Wimpern hatte, die offenkundig echt waren. Ebenso daß die Umgebung ihrer Nase mit vielen kleinen Sommersprossen bedeckt war.

Abends fuhr sie mit demselben Zug zurück wie er.

Auch am folgenden Tag sahen sie sich wieder. Es war der erste wirklich warme Frühlingstag in diesem Jahr. Überhaupt schienen heute alle irgendwie froher durch die Welt zu gehen. Sie trug ein helles Kostüm mit taillierter Jacke und einem dekolletierten seidenem Oberteil. Der Rock war sehr kurz. Zum ersten Mal sah er fast vollständig ihre Beine, die von weißen Strümpfen umhüllt wurden, was sein Herz vor Freude fast hüpfen ließ.

Diesmal schlug sie die Beine fast kokett übereinander, begleitet von einem gewissen Besitzerstolz.

Während der ganzen Fahrt blieb sie in ihre Zeitung vertieft.

Doch anders als bisher hielt sie die Beine nicht ruhig, allenfalls hatte sie gelegentlich mit der Fußspitze leicht gewippt. Relativ häufig rieb sie die eine Wade an der anderen. Wäre das Fahrgeräusch nicht gewesen, so wäre jedesmal ein leichtes Knistern zu vernehmen gewesen. Selbst so meinte er, es zu hören. Sie schien heute die Kokette geben zu wollen. Hätte er es nicht besser gewußt, wäre nicht dieser schöne warme Frühlingstag gewesen, man hätte annehmen können, sie mache es für einen Zuschauer, einen Verehrer.

Ihre runden Knie gefielen ihm und ihre muskulösen Schenkel, die die schön geschwungene Linie ihrer Waden vollendet fortführten. Selten hatte er eine Frau gesehen, die gleichermaßen kurze wie lange Röcke tragen konnte.

Über nahezu drei Wochen begegneten sie sich jeden Tag im Zug. Drei Wochen, während denen sie sich nie offen ansahen, geschweige denn ein Wort miteinander wechselten. Ein Außenstehender wäre überzeugt gewesen, daß sie einander nicht aufgefallen waren. Auf der Hinfahrt las sie Zeitung, auf der Rückfahrt ein Buch. Dennoch schien sich mehr und mehr eine Atmosphäre der Vertrautheit zwischen ihnen aufzubauen. Stets setzte sie sich ihm gegenüber auf die andere Seite des Ganges. Lediglich zweimal trug sie eine Hose, das zweite Mal eine so enge schwarze Lederhose, daß er sich fragte, wie sie überhaupt in sie hineingekommen war. Das war während der ersten Woche, danach sah er sie nur noch in Röcken, selten zweimal in demselben.

Er hatte sich an sie gewöhnt. Es war für ihn derart selbstverständlich geworden, daß sie an der zweiten Station einstieg, daß er verwirrt war, als sie nach diesen drei Wochen das erste Mal nicht wie gewohnt zustieg. Er gelang ihm nicht, sich einen Reim darauf zu machen. Dabei gab es eine Unzahl einfacher Erklärungen; sie konnte ihren Zug versäumt haben, sie konnte einen Tag freihaben, ihr Urlaub konnte begonnen haben, sie konnte mit einer Erkältung im Bett liegen – tatsächlich war seit einigen Tagen das ideale Erkältungswetter ausgebrochen. Auch am Abend stieg sie nicht ein. Die These mit dem versäumten Zug, auf die er den ganzen Tag über seine Hoffnung gesetzt hatte, zerbrach damit.

Als sie am nächsten Tag wieder nicht zustieg, begann er sich wirklich Sorgen zu machen, als hätte nicht der Zufall sie dazu geführt, täglich mit demselben Zug zu fahren, sondern als bestünde eine tiefere Bindung zwischen ihnen.

In dieser Nacht schlief er schlecht. Ob er sich eingestehen wollte oder nicht, er vermißte sie. Sie war mehr für ihn geworden, als eine zufällige Reisebekanntschaft. Sobald er sie wiedersah, würde er sie ansprechen, nahm er sich vor.

Die beiden Stationen bis zu ihrem Bahnhof saß er am nächsten Tag mit steigender innerer Unruhe da, knetete nervös die Hände. Als der Zug ihre Station erreichte, schlug sein Herz schneller, je stärker der Zug bremste. Als sie einstieg, frisch und munter, da blieb ihm vor Freude fast das Herz stehen. So erleichtert hatte er sich schon seit langem nicht mehr gefühlt. Vermutlich hatte sie lediglich zwei freie Tage gehabt, versuchte er die Anspannung der letzten Tage vor sich selbst herunterzuspielen. Darüber vergaß er sein Vorhaben, sie anzusprechen. Sein Drang zu bewundern, war größer. Dennoch war seine Erleichterung, sie wiederzusehen, so groß, daß es ihn nicht störte, daß sie heute das erste Mal wieder eine Hose trug, wenn auch jene besonders enge aus handschuhweichem schwarzen Leder, dazu dunkle Stiefeletten, so daß er nicht einmal ihre Fesseln sehen konnte.

Die wirkliche Überraschung aber erwartete ihn abends. Anstatt sich wie gewohnt ihm gegenüber auf die andere Seite des Ganges zu setzen, trat sie zu ihm und fragte ihn mit einem Lächeln, ob dieser Platz noch frei sei. Ehe er sich von seiner Überraschung erholen konnte und ohne eine Antwort abzuwarten, setzte sie sich ihm unmittelbar gegenüber, den Oberkörper leicht vorgebeugt. Als sie ihre Beine, diesmal vertraulich zärtlich, übereinanderschlug, berührte sie wie zufällig seine Wade. Sie holte kein Buch heraus, um zu lesen, sondern sah ihn mehr als nur freundlich lächelnd an.

An dieser Stelle seines Berichtes würde unser Bewunderer innehalten. Sein Gegenüber, dessen Spannung gerade in diesem Moment unerträglich zu werden beginnt, ist versucht zu fragen; und, wie ging es weiter? Um die Mundwinkel unseres Freundes würde sich ein sanftes, nachsichtiges Lächeln spielen, als wolle er sagen, wie könne es schon weitergegangen sein? Liegt das nicht nahe? Aber an ihm ist keine Spur von Überheblichkeit. Er weiß, daß der andere es mit seinen Worten hören und sich nicht den eigenen Vermutungen überlassen sehen will.

Nach einer Kunstpause, die die Spannung nur in die Höhe treiben soll und die Aufmerksamkeit seines Zuhörers versichern, will er fortfahren. Doch im selben Moment sehen beide eine große, schlanke Frau mit schwarzen Haaren, vollen tiefrot geschminkten Lippen, in einem hellen dekolletierten kurzen Kleid, denn es ist ein strahlender Sommertag, zarten hellen, kaum sichtbaren Strümpfen und hochhackigen Schuhen mit einem Lächeln, das der Schönheit des Sommertages in nichts nachsteht, auf sie zukommen.

Der andere lächelt verstehend. Er kennt jetzt den Ausgang der Geschichte, zumindest glaubt er es. Er verabschiedet sich diskret, kaum daß die Frau zu ihnen getreten ist, sie begrüßt hat.

Während der Bewunderer und die Frau zurückbleiben, ist er noch sichtlich bewegt von dieser schönen Liebesgeschichte.

Beinahe läuft er gegen eine Frau, die aus einer schmalen Seitenstraße kommt. Er entschuldigt sich. Doch hält er zugleich erstaunt inne. Denn diese Frau ist eine große, schlanke Schwarzhaarige mit vollen, rot geschminkten Lippen, einem kurzen dunklen Kleid, nackten Beinen und hochhackigen Schuhen. Das sind aber auch die einzigen Gemeinsamkeiten zwischen dieser und der Frau des Bewunderers. Aber auch in ihr glaubt er, die Schöne aus dem Zug wiederzuerkennen.

Es als Wink des Schicksals begreifend, fragt er sie spontan, ob er sie auf den Schreck nicht zu einer Tasse Kaffee einladen dürfe. Sie lächelt, das Lächeln nimmt ihn gefangen, sie denkt kurz nach und willigt ein. Aber nur auf eine Tasse, sie habe nicht allzu viel Zeit, schränkt sie ein. Doch ihre Mimik sagt das Gegenteil aus.

Während er neben ihr die wenigen Schritte bis zu einem nahegelegenen Café geht, sie über Belangloses plaudern, kann er sich des Gefühls nicht erwehren, daß die Geschichte des Bewunderers anders ausgegangen sein könnte als er geglaubt hat. Wer sagt ihm denn, daß jene Schöne, die zu ihnen an den Tisch getreten ist, die der Bewunderer erwartete, die seine Gefährtin ist, mit der Schönen aus dem Zug identisch ist? Gewiß, sie hatten dasselbe Alter, auf sie paßt die Beschreibung. Doch auf die Schöne neben ihm paßt die Beschreibung gleichfalls. Dennoch haben beide Frauen wenig Ähnlichkeit miteinander.

Wie dem auch sei, die Gelegenheit, die Wahrheit zu erfahren, ist verpaßt. Selbst, wenn er dem Bewunderer wiederbegegnen sollte. Fragen konnte er ihn nicht mehr. Dafür hat er sich zu überzeugt gegeben, zu wissen, wie die Geschichte ausgegangen ist. Doch was wäre geschehen, wenn er geblieben wäre? Wenn er die Geschichte zu Ende angehört hätte? Er würde zwar das Ende kennen, aber dann wäre er der Schönen an seiner Seite nicht begegnet. Was er tief bedauern würde, selbst wenn es bei einem Kaffee bliebe. Nun, gleich wie es weiter gehen würde: Diese Begegnung wog das Unwissen um das Ende der Geschichte auf.

Die Villa nebenan

1.

Der Möbelwagen fuhr langsam über den an vielen Stellen löchrigen Asphalt der schmalen Zufahrtsstraße, die nur wenige Meter hinter dem Haus in einen schmalen befestigten Feldweg überging. An der Einmündung hielt er kurz, um dann vorsichtig die enge Kurve zu nehmen. Nachdem der LKW seinen Blicken entschwunden war, trat er durch das leise quietschende, von Patina überzogene schmiedeeiserne Gartentor, das er noch würde ölen müssen, auf den schmalen schiefen Plattenweg, in dessen Fugen Moos und Gräser wuchsen, und ging auf das Haus zu. Er war froh, daß es trotz der Größe des Grundstücks so nah an der Straße lag. Dadurch wurde der rückwärtige Garten fast zu einem Park, in dem große alte Bäume reichlich Schatten spendeten. Das Haus selbst war zweigeschossig, irgendwann um die letzte Jahrhundertwende erbaut und erst vor einigen Jahren modernisiert worden. An der dem Ort abgewandten und gegenüberliegenden Seite schlossen sich Wiesen und Felder an, stellenweise von Hainen durchzogen. An die andere Seite grenzte eine gepflegte größere Villa, nur wenig älter als sein Haus. Sie war um ein gutes Stück zurückgebaut und verlief nicht parallel zur Straße, so daß ein Teil des seitlich liegenden Eingangs und die gesamte Terrassenseite, die vor allem im Obergeschoß von großen bis zum Boden reichenden Fenstern beherrscht wurde, von seinem Haus eingesehen werden konnte. Diese Seite war exakt nach Süden ausgerichtet, während sein Haus leicht nach Südwesten zeigte.

Er schloß die massive eichene Haustür, die leicht in den Angeln lief, hinter sich. Alle Möbel befanden sich nun an ihrem Platz. Jetzt hieß es ›nur‹ noch alle Kartons auszuräumen – was bei einem Umzug bekanntlich die eigentliche Arbeit macht.

»Ich mache uns erst mal Tee«, rief ihm Saskia aus dem Wohnzimmer zu, kaum daß die Haustür ins Schloß gefallen war.

Sie hatte sich spontan bereit erklärt, ihm beim Einräumen zu helfen. Neben seinem Schulfreund Marius war sie sein ältester Freund. Sie war die einzige Tochter von Freunden seiner Eltern und gut drei Jahre älter. Als beide noch Kinder waren, hatte sie sich ihm gegenüber mehr wie eine ältere Schwester gefühlt – in dem Alter sind drei Jahre eine Menge – nicht zuletzt dadurch unterstützt, daß er ihr gelegentlich anvertraut worden war, wenn ihre Eltern gemeinsam ausgegangen waren. Es war ihm alles andere als unangenehm gewesen, hatte sie sich doch ihm gegenüber verhalten, wie man sich im Alter von zehn, elf Jahren eine große Schwester wünscht. Erst während eines gemeinsamen Urlaubs ihrer Eltern, es sollte zugleich der letzte sein, bei dem Saskia mit ihren Eltern verreiste, verlor ihre Beziehung fast schlagartig alles Geschwisterliche. Er war damals vierzehn, sie immerhin schon siebzehn gewesen. Da ihre Eltern sie fast gänzlich sich selbst überließen, verbrachten sie die meiste Zeit gemeinsam, saßen oft, während ihre Eltern längst schliefen, auf der kleinen Terrasse des gemieteten Ferienhauses bis tief in die Nacht zusammen, genossen das mediterrane Klima und unterhielten sich auf diese tiefsinnige Weise, wie man es nur in diesem besonderen Alter kann, wo man noch genügend gesunde Naivität und Enthusiasmus besitzt, auch existentielle Fragen unbekümmert anzugehen. Gingen sie, sich geschwisterlich an den Händen haltend, durch den kleinen Ort, tuschelten vor allem die Jungen seines Alters hinter ihnen her. Ihre Mimik, ihre Haltung war eindeutig; sie hielten sie für ein Liebespaar. Ihn erfüllte es mit Stolz, daß sie Saskia, diese hübsche Siebzehnjährige, für seine Freundin hielten. Der Gedanke gefiel ihm recht gut, obwohl er sich keine Illusionen darüber machte, daß es nur ein Gedanke war, schließlich war sie drei Jahre älter und im Gegensatz zu ihm nicht mehr unerfahren. Sie hatte sogar schon ihren ersten Trennungsschmerz hinter sich, sie hatte sich kurz vor Ostern von ihrem ersten Freund getrennt, mit dem sie fast zwei Jahre zusammengewesen war. Saskia amüsierte sich anfangs scheinbar über das Gebaren der anderen. Und doch war es mehr als nur der Vorsatz, den pubertierenden Jungen wirklich einen Anlaß zum Tuscheln zu geben, als sie ihn am dritten Tag, während sie einer Gruppe Jungen begegneten, die ihnen schon seit dem Tag ihrer Ankunft offen hinterhertuschelten, keck fragte: »Wollen wir denen mal einen Grund zum Starren geben?« Sie wartete seine Zustimmung nicht ab, sondern küßte ihn und schob ihm die Zunge tief in den Mund. Er war mindestens ebenso ver-

dattert wie die Gruppe Jungen, die sie mit offenen Mündern an-
starrten. Trotz ihrer Spekulationen hatten sie sie tief im Inneren
doch für Geschwister gehalten. Sein erster Zungenkuß dauerte
nicht lange, was auch gar nicht von ihr beabsichtigt war. Die Jungen ignorierend gingen sie weiter. Aber sie schwiegen. Ohne sich
recht bewußt zu sein, hielten sie die Hand des anderen auf eine
nicht mehr nur geschwisterliche Weise. Ihre Gedanken waren im
Grunde ähnlich. Am Abend, allein auf der Terrasse, nachdem ihre
Eltern Schlafen gegangen waren – zumindest in beider Erinnerung war es eine besonders schöne Nacht – küßten sie sich erneut, diesmal länger und ausgiebiger. Wer den Anfang gemacht
hatte, konnte keiner mehr im Nachhinein sagen. Es war ihnen
auch gleich. Von diesem Abend an schliefen sie eigentlich jede
Nacht gemeinsam in einem Bett. Obwohl sie ihre neue Beziehung
vor ihren Eltern nicht versteckten, äußerten diese sich weder
offen noch versteckt dazu. Sie ließen sie einfach gewähren. Saskia
war sich sicher, daß sie ihr, wie schon früher, vertrauten, daß sie
schon wußte, was ›richtig‹ war – was immer das heißen mochte.
Daß dies letztlich ein großer Vertrauensbeweis ihnen gegenüber
war, wurde beiden erst Jahre später wirklich bewußt. In seiner Erinnerung hatte er seinen ersten Sex mit einer ›erfahrenen‹ Frau
und Saskia fühlte sich auch wie seine ›Lehrmeisterin‹. Ihr hatte es
Spaß gemacht, ihn in die Kunst der körperlichen Liebe einzuwei-
sen, wie sie ihm gegenüber in einem poetischen Anflug gesagt
hatte. Mit dem Ende der Ferien endete zugleich ihre erotische Beziehung. Keiner verspürte den Wunsch nach einer Fortsetzung,
fast als fürchteten sie, daß sie dem Alltag nicht standhalten könnte. Die drei Jahre Altersunterschied, der unterschiedliche Freundeskreis war sicherlich ausschlaggebend gewesen. Gerne hätte er
sie gefragt, warum sie seinerzeit an einem völlig unerfahrenen
Vierzehnjährigen Gefallen gefunden hatte. Aber er hatte sich nie
getraut. Mittlerweile war sie Lehrerin für Deutsch und Philoso-
phie an einem städtischen Gymnasium, verheiratet mit einem
sympathischen Kollegen und hatte zwei Töchter, die sich mit
großen Schritten der Pubertät näherten.

»Also, wie ist das jetzt mit dem Tee«, riß sie ihn aus seinen Gedanken.

»Eine gute Idee, vorausgesetzt, wir finden die dazu nötigen Ge-
rätschaften«, war er einverstanden.

Er lehnte im Türrahmen und sah ihr zu, wie sie inmitten der, meist noch geschlossenen Kartons stand, deren Beschriftung zwar einen ungefähren Hinweis auf den Inhalt gaben, aber das besagte bekanntermaßen nicht viel.

Sie sah immer noch gut aus – was heißt noch! – selbst in dieser alten, ausgebeulten verwaschenen Jeans, dem weiten labberigen Sweatshirt, ohne Make-up, bis auf den dunklen Lippenstift. Er konnte sich nicht erinnern, sie jemals ohne ihn gesehen zu haben, seit sie mit fünfzehn begonnen hatte, ihn zu benutzen. Die Farbe, ein schwer definierbarer Rotton, stand ihr gut, paßte zu einer Frau, die so gerne küßte wie sie. Ihre fast schon zu vollen Lippen luden ja auch dazu ein. Mit den Jahren war sie leicht in die Breite gegangen, aber bei zwei Kindern und einem Beruf, der wenig mit körperlicher Bewegung zu tun hat, kam das eine zum anderen. Sie gehörte zu den Frauen, denen ein etwas mehr an Körperfülle alles andere als schlecht stand. Das Haar trug sie schon lange deutlich kürzer als mit siebzehn. Ihre erotische Ausstrahlung schien zugenommen zu haben. Ob Frank, ihr Angetrauter, das zu würdigen wußte? Aber diese ruhigen fast schon zurückhaltenden Intellektuellen hatten es oft faustdick hinter den Ohren. Auf den unbedarften Beobachter machen sie den Eindruck, daß sie nur ihre Arbeit, ihre Forschung, ihre Bücher interessiert und Sex für sie etwas sei, zu dem sie sich nur alle zwei, drei Wochen einmal durchringen können, doch wie er von ihr wußte, war das Gegenteil der Fall. Nein, sie kam bei ihm mit Sicherheit nicht zu kurz, andernfalls wäre sie nicht eine so blühende Erscheinung und hätte ihm längst ihr Herz ausgeschüttet. Alles in allem war die Zeit mit ihr gnädig verfahren.

»Tee habe ich selbst mitgebracht und der Rest ergibt sich schon«, riß sie ihn mit der ihr eigenen Zuversicht, die heute ein Lehrer auch braucht, erneut aus seinen Gedanken.

Er fragte sich, ob sie noch gelegentlich an jenen Sommer dachte. Gesprochen hatten sie schon seit Jahren nicht mehr davon. Obwohl sie sich nahezu alles anvertrauten, selbst intimste Dinge, schien sich keiner von beiden zu trauen, das Thema anzuschneiden. Darum wußte er auch nicht, daß es einmal eine Zeit geben hatte, ganz zu Anfang seiner schriftstellerischen Laufbahn, als sie es bereut hatte, weil es in jenem Sommer zwischen ihnen eine einmalige Sache geblieben war. Student noch, hatte er bereits begonnen, Aufmerksamkeit zu erregen. Damals saßen sie oft bis zum frühen Morgen zusammen und sprachen über seine Texte.

Dabei hatte sie sich mehr als einmal gewünscht, wieder mit ihm Sex zu haben. Aber die dazu nötige Stimmung hatte sich nie eingestellt und sie hatte sich zudem nie getraut, es ihm offen vorzuschlagen. Vermutlich waren sie schon zu gute Freunde geworden. Dennoch hatte es ihr mehr als ein Jahr lang immer einen inneren Stich versetzt, sah sie ihn in Begleitung einer anderen Frau. Aber auch das war vorübergegangen. Längst war sie froh darüber, daß es ›lediglich‹ bei einer Freundschaft zwischen ihnen blieb.

Teekanne, Wasserkessel und zwei Tassen waren tatsächlich schnell gefunden – sie schien einen sechsten Sinn dafür zu haben, ihm war gänzlich entfallen, in welchem Karton er sie verstaut hatte, wenn er es überhaupt gewesen war und nicht sie selbst – und nur wenig später saßen sie am schmalen Küchentisch und tranken heißen Tee.

»Woran arbeitest du gerade«, erkundigte sich Saskia interessiert, die dampfende Tasse in beiden Händen haltend.

Noch immer war sie gemeinsam mit Marius die einzige Person, mit der er über seine Werke schon während ihrer Entstehungszeit sprach. Er schätzte beider Urteil, das ihm schon mehr als einmal über strittige Fragen hinweggeholfen hatte.

»An einer Erzählung, nichts Weltbewegendes eigentlich.«

»Das sagst du immer und dann liest es sich ausgezeichnet. Zeitkritische Themen allein machen noch keine große Literatur aus. Die kleinen Dinge des Lebens verdienen nicht weniger Aufmerksamkeit. Also, worum geht es in dieser Erzählung?«

Er ging nicht weiter auf ihren ›Tadel‹ ein – zum einen hatte er ihn schon zu oft vernommen und zum anderen hatte sie eigentlich recht – sondern begann mit der Inhaltsbeschreibung.

»Als Ort der Handlung habe ich eines dieser alten verwinkelten Häuser gewählt, wo man von der eigenen Wohnung aus ein Teil der Nachbarwohnung einsehen kann. In eine dieser Wohnungen zieht ein junger Mann ein. Die Wohnung neben ihm wird von einer jungen Frau, einer Fotografin bewohnt.«

»Wie ich dich kenne, sieht sie gut aus«, unterbrach sie ihn lachend.

»Nur kein Neid«, entrüstete er sich spielerisch. »Schließlich brauchst du dich auch nicht zu verstecken.«

»Man dankt, immerhin ist das ein Kompliment für eine Frau meines Alters«, entgegnete sie trocken, was seinen Widerspruch herausforderte, schließlich war sie vor Ostern erst vierzig geworden und heutzutage galt eine Frau von vierzig nachvollziehbar noch als jung.

»Mit einer Frau *deines* Alters würde ich noch immer mit Begeisterung lange lüsterne Wochenenden verbringen. Ich könnte mir nämlich nichts Schöneres vorstellen, als bis zur Entkräftung mit dir zu vögeln.« Dabei sah er sie mit einem Blick an, als wollte er sogleich über sie herfallen, zumindest versuchte er, einen solchen Blick aufzusetzen.

»Also, weiter«, forderte sie ihn auf, seinen Blick mit ostentativer Gleichgültigkeit ignorierend, und schenkte sich Tee nach.

Da er keine andere Reaktion von ihr erwartet hatte, fuhr er, nachdem er einen Schluck aus seiner Tasse genommen hatte, fort:

»Zwei Zimmer kann er von seiner Wohnung aus einsehen; ihr kleines Studio und ihr Schlafzimmer. Sie macht überwiegend erotische Fotos, hauptsächlich von Frauen, gelegentlich auch von Männern. Ihre erotischen Fotos besitzen etwas Verträumtes. Nein, verträumt ist nicht das richtige Wort. Sie strahlen eine Erotik aus, die diesen Namen auch verdient. Genaugenommen fängt sie das erotische Potential ihrer Modelle ein, alle samt Amateurmodelle, denn mit professionellen Modellen lassen sich solche Fotos kaum machen, sind doch ihre Posen zu sehr einstudiert. Diese Fotos sind auf positive Weise unschuldig. Sie sind nicht darauf aus, beim Betrachter ein bestimmtes Ziel zu erreichen. Beim Anschauen spürt man, daß Erotik etwas mit gegenseitiger Hingabe, sich dem anderen öffnen zu tun hat, mit Vertrauen und auch Genuß. Daß man umso mehr zurückbekommt, je mehr man gibt. Ihr gelingt es, jede Person, die sie fotografiert, erotisch begehrenswert zu machen. Aber ich fürchte, ich schweife ab.«

»Nein, gar nicht«, schüttelte sie entschieden den Kopf und eine Locke fiel ihr tief ins Gesicht, die sie mit einer nachlässigen Handbewegung wegstrich. »Ich weiß was du meinst. Sie fotografiert ausnahmslos Frauen, die, je näher man sie kennenlernt, immer mehr faszinieren, weil sie sich mögen, wie sie sind, um ihr erotisches Potential wissen, deren erotischen Ausstrahlung sich deshalb letztlich kein Mann und irgendwo auch keine Frau entziehen kann. Es ist schön zu hören, daß Jugend und Schönheit nicht die Hauptsache darstellen.«

Für einen Augenblick wußte er nicht, ob sie es ernst oder leicht ironisch meinte. Weder ihr Tonfall noch ihre Mimik gaben einen Hinweis darauf. Er entschied daher fortzufahren.

»Nicht eigentlich absichtlich, beginnt er, sie zu beobachten. Er bemüht sich stets unauffällig zu bleiben, ja in seinem Auftreten ist fast schon etwas Schüchternes. Er wird Zeuge, wie zwischen einer der Frauen, die ihr häufiger Modell steht, eine Schönheit mit Persönlichkeit sozusagen, und ihr, auch eine körperliche Beziehung besteht.«

»Typisch Mann«, unterbrach Saskia ihn lachend, aber es schwang kein wirklicher Vorwurf darin mit, »immer wollen sie zwei Frauen beim Liebesspiel zusehen.«

Er verzog pikiert das Gesicht, solche Art Vulgärerotik lag ihm nun wirklich fern und nicht nur in diesem Falle.

»In diesem Punkt brauchst du dir keine Sorgen zu machen; sie hat auch Beziehungen zu Männern«, entgegnete er fast schon bissig, und sah absichtlich an ihr vorbei.

»Du willst wohl damit mehr diese ganz besondere Beziehung zwischen Modell und Künstler andeuten«, sagte sie versöhnlich, sie sah ein, daß Ironie im Moment nicht angebracht war. »Diese ganz eigene Form von Intimität, die sich dabei aufbauen kann. Allerdings kann es auch ganz reizvoll sein, zwei Männern beim Liebesspiel zuzusehen«, fügte sie mit einem leicht verklärten Gesichtsausdruck hinzu.

Er wußte nicht, ob sie es ehrlich meinte, oder ihm nur Gelegenheit für eine Retourkutsche gab. Sicherheitshalber ging er nicht darauf ein.

»Während er Gelegenheit hat, beiden Frauen bei ihrem genießerischen Liebesspiel zuzuschauen, beschleicht ihn zum ersten Mal das Gefühl, daß beide wissen, daß sie beobachtet werden, und es ihnen nicht nur nichts auszumachen scheint, sondern sie es regelrecht genießen, einen Zuschauer zu haben. Selbstverständlich hat er nur diesen Eindruck, der sich auf keine konkrete Beobachtung stützen kann. Und doch, er wird dieses Gefühl nicht los, das sich mit der Zeit noch verstärkt. Es ist eines dieser Gefühle, das einem wie eine sichere Überzeugung vorkommt, das man aber rational nicht begründen kann. Um dich zu beruhigen; er hat nicht nur Gelegenheit ihr und dieser Frau zuzusehen, sondern auch ihr und einem Mann.« Sie ging mit keiner Miene darauf ein. »Da hat er jedoch kaum den Eindruck, daß er weiß, daß sie beobachtet werden. Für ihn ist er offenkundig ahnungslos. Dafür festigt sich in ihm die Überzeugung, daß sie sich dabei für einen imaginären Zuschauer in Pose setzt.«

»Das hört sich fast an, als ob Männer für sie mehr Objekte sind«, warf sie ein, die ihre Tasse leicht nachdenklich zwischen den Händen drehte.

»Obwohl sie keine tiefergehende Beziehung zu einem bestimmten Mann hat – auch die Beziehung zu dieser Frau ist nicht viel anders – heißt das nun nicht, daß sie den betreffenden Mann nicht achtet«, sah er sich genötigt, es richtigzustellen.

»Du weißt ja, daß ich es schon als schlimm empfinde, wenn Männer in Frauen lediglich Objekte sehen, aber es wird um keinen Deut besser, wenn Frauen Männer auf die gleiche Weise behandeln«, sagte sie mit einem leicht verlegenen Lächeln, weil sie ihm voreilig etwas unterstellt hatte. Sie stellte die leere Tasse auf den kleinen Küchentisch.

Er nickte beipflichtend, schließlich dachte er genauso.

»Wie dem auch sei, dieses Spiel – ich will es einmal so nennen – geht über einige Wochen. Die Handlung bezieht sich nicht auf eine externe Zeit, der Verlauf der Jahreszeiten also, sondern sie besitzt nur eine interne. Alles geschieht nur innerhalb der Welt dieser beiden Wohnungen. Es gibt nur diese beiden Wohnungen und das Stück Hausflur, das sie verbindet, mehr nicht.«

»Das Verwischen der Grenzen zwischen Tagtraum und Realität also. Alles könnte so passiert sein, aber der Leser kann nicht mit Bestimmtheit sagen, ob es nicht einzig in der Fantasie des jungen Mannes geschieht oder gar – was mir sogar wahrscheinlicher erscheinen würde – einem Tagtraum der jungen Frau entspringt, da eher Frauen zu derart komplexen erotischen Tagträumen neigen.«

»Es kann auch auf diese Weise gesehen werden«, räumte er ein, diese Perspektive hatte etwas für sich, daran hatte er noch gar nicht gedacht. »Aber ich meine, daß es schon innerhalb der Realität geschieht, zumindest in der Realität der Geschichte. Ich will damit sagen, daß es nur eine Handlungs-, besser gesagt eine Realitätsebene gibt, die der beiden Wohnungen.«

»Es könnte also doch ein Traum sein«, schien sie nicht von dieser Interpretation lassen zu wollen. »Du sagst schließlich selbst, daß die Realität außerhalb dieser beiden Wohnungen nicht existiert. In einem Traum gibt es auch nur die Realität des Traumes und nichts anderes. Was sich von der Realität, wie sie uns umgibt, nicht unbedingt sagen läßt.«

Als Antwort lächelte er nur vielsagend, denn er wollte sich im Augenblick auf keine philosophische Grundsatzdiskussion über den Realitätsbegriff mit ihr einlassen. Sie verstand und ging nicht weiter darauf ein.

»Selbstverständlich ist er kein gewöhnlicher Voyeur, kein verklemmter junger Mann, der sich an eine Frau nicht herantraut, aus welchen Gründen und negativen Erfahrungen heraus auch immer. Die Zeiten, zu denen er sie beobachtet, plant er auch nicht, es sind scheinbar zufällige Begegnungen. Um jedem möglichen Mißverständnis vorzubeugen; bekommt er, wenn auch unregelmäßig, Besuch von zwei jungen Frauen, mit denen er natürlich Sex hat. Selbstverständlich nicht gleichzeitig«, beeilte er sich hinzuzufügen, ehe sie wieder etwas unterstellen konnte, was ihm absolut fern lag.

Ihr breites Grinsen sagte ihm, daß sie es auch gar nicht beabsichtigt hatte.

»Dessen bin ich sicher, denn dann wäre der Reiz der Geschichte, so wie du sie erzählen willst, auch hin. Er darf ja nicht ihr Gegner, sondern muß ihr Komplize sein. Es muß ein stilles Einverständnis zwischen ihnen bestehen, damit sich eine erotische Spannung zwischen ihnen aufbauen kann. Auch wenn er zuerst gar nicht weiß, daß sie ihn zu ihrem Komplizen macht.«

Er nickte, sie hatte die Grundidee erfaßt.

»Eines Tages findet er einen Umschlag nur mit seinem Namen darauf im Briefkasten, ein Foto und einen Zettel darin. Das Foto zeigt ihn, wie er am Fenster steht und sie beobachtet. Unten am Rand ist ein Datum notiert. Es ist der Tag, an dem er sie zum ersten Mal in ihrer Wohnung beobachtet hat. Auf dem Zettel steht nur, daß er sie um eine bestimmte Uhrzeit an diesem Tag in ihrer Wohnung besuchen soll. Er ist etwas verunsichert über diese Einladung. Pünktlich verläßt er seine Wohnung, geht die wenigen Schritte zu ihrer Tür. Er will schon klingeln, da sieht er einen Zettel ›Bitte eintreten‹ an der nur angelehnten Tür kleben. Er tritt ein, schließt die Tür hinter sich. In der Wohnung ist es ruhig, es scheint niemand dazusein. Er gelangt, einen kurzen Blick in verschiedene Zimmer werfend, in ihr kleines Studio. Auf dem Tisch unter dem Fenster liegen drei Stapel Fotos. Die vom ersten zeigen ihn, wie er am Fenster steht, fast alle mit Datum, nahezu von allen Tagen, an denen er zu ihr hinüberschaute. Der zweite zeigt ihn bei der Liebe mit seinen beiden Besucherinnen, gleichfalls mit Datum. Also hat auch sie ihn beobachtet. Diese Erkenntnis ist ihm, nach der ersten Überraschung, alles andere als unangenehm. Sie sind Komplizen. Der dritte Stapel erregt mehr als die beiden anderen seine Aufmerksamkeit. Auf den ersten Blick gleichen sie denen vom zweiten, aber nur auf den ersten. Auf den zweiten erkennt er, daß sie ihren Kopf per Computer auf die Körper der Frauen gesetzt hat. Darüber zugleich verwirrt und geschmeichelt – denn es ist für einen Mann immer schmeichelhaft, von einer Frau begehrt zu werden – hebt er den Blick und sieht, zumindest glaubt er es im ersten Augenblick, sie drüben in seiner Wohnung an seinem Fenster stehen zu sehen und ihn beobachten. Doch erweist es sich schnell als Spiegelung im Fenster, denn in Wahrheit steht sie nicht in seiner Wohnung, sondern hinter ihm. Er erkennt seinen Irrtum, dreht sich leicht unsicher lächelnd um, einige der Fotos noch in der Hand haltend. Sie kommt auf ihn zu. Den Rest kannst du dir ja denken.«

Sie ließ seine kurze Skizze auf sich wirken, dann sagte sie:

»Eine durchaus interessante Geschichte. Der vermeintliche Voyeur, der selbst zum Objekt wird und es nicht bemerkt, Nähe trotz Entfernung. Aber auch ihr Hang zum Exhibitionismus wird bedient. Da sie weiß, daß sie beobachtet wird, genießt sie es auch. Und mit Sicherheit hat sie ihre Geliebte eingeweiht. Aber das hast du ja schon angedeutet. Das ist auch sinnvoll, denn auch ich glaube nicht, daß sie einen ihrer Männer eingeweiht hat, denn dieser würde, ob er nun will oder nicht, ihn als Konkurrenten sehen und sich selbst von ihr benutzt fühlen. Dagegen dürfte sich zwischen beiden Frauen die Verbundenheit verstärken. Sie hat ihn zu ihrem Komplizen gemacht, auch wenn es ihm nicht unbedingt bewußt ist. Ich finde, daß gerade darin der Reiz deiner Geschichte liegt.«

Saskia schaute auf ihre Uhr und deutete damit an, daß sie ihr Schlußwort gesprochen hatte.

»Wir sollten langsam beginnen, deine Sachen einzuräumen, wenn wir heute mit dem Gröbsten fertig werden wollen«, entschied sie und stand auf.

Dem hatte er nichts entgegenzusetzen. Sie stellten die Tassen in die Spüle und machten sich an die Arbeit.

2.

Dank Saskias tatkräftiger Hilfe ging der Einzug schneller vonstatten, als er gehofft hatte. Schnell schien es ihm, als wohne er schon einige Jahre in diesem Haus, wozu die ländliche Ruhe ihr Übriges beitrug. Nachdem er das Konzept seiner Erzählung überarbeitet und verschiedenes gestrichen hatte – das meiste beruhte auf Saskias durchaus berechtigten Einwänden – machte er sich an den ersten Entwurf.

Sein Arbeitszimmer hatte er sich in einem Eckzimmer im Obergeschoß eingerichtet. Er hatte diesen Raum gewählt, weil in unmittelbarer Nähe eine alte große Buche mit weit ausladendem Geäst und üppigem Laub stand, die an warmen Sommertagen kühlenden Schatten auf das Haus warf. Den Schreibtisch hatte er fast vors Fenster gestellt, damit er ohne aufzustehen nach draußen sehen konnte und gerade soviel Platz gelassen, daß man halbwegs bequem ans Fenster treten konnte. Der Anblick des üppigen Gartens, in dem man jede Phase des erwachenden Frühlings mit allen Sinnen spüren konnte, ließ seine Arbeit wie von selbst anlaufen. Er hatte stets eines der beiden Fenster geöffnet, außer es regnete, da es dann je nach Windrichtung mal mehr mal weniger hineinregnete.

In den Pausen, wenn er eine Szene in Gedanken auf ihren Gehalt prüfte, wandte sich sein Blick oft der gegenüberliegenden Villa zu, die auf ihn eine eigenartige Faszination ausübte. Dabei hatte sich seit seinem Einzug dort nichts ereignet, was dies irgendwie gerechtfertigt hätte. Es hatte sich niemand im Garten gezeigt, die Fensterläden waren weiterhin geschlossen. Fast schien es, als stünde das Haus leer, was jedoch nicht der Fall war. Sein Makler hatte nebenbei bemerkt, daß seine unmittelbaren Nachbarn ruhig seien. So wie er das Wort ›Nachbarn‹ gebraucht hatte, konnte es sich ebenso gut um eine einzelne Person wie um eine Großfamilie handeln. Er hatte aus einem unerfindlichen Grund nicht nachgehakt, obwohl auch er gerne im voraus wußte, neben wem er ein Haus erwarb.

Er ertappte sich dabei, wie er beim Hinübersehen bisweilen den Gedanken vergaß, den er eigentlich weiterverfolgen wollte.

Der andere Garten, das Grundstück war rund ein Drittel größer, wurde durch eine niedrige, schadhafte alte Ziegelmauer von seinem Grundstück getrennt. Teile des Mauerwerks waren herausgebrochen und der grobe, nachlässig aufgebrachte Putz war an vielen Stellen großflächig abgebröckelt. Anscheinend war niemand, weder der Besitzer der Villa noch der Vorbesitzer seines Hauses, je auf die Idee gekommen, diese wenigstens notdürftig instandzusetzen. Man schien es lieber der Natur zu überlassen, eine neue, natürliche Einfriedung zu schaffen. Auf beiden Seiten wuchsen dichte, wenn auch leicht verwilderte Sträucher davor und längst hatte Efeu die meisten der verbleibenden freien Stellen erobert. Das nicht allzu hohe Gras ließ die Vermutung zu, daß der oder die Bewohner erst kurz vor seinem Einzug verreist waren. Links neben der großen Terrasse lag ein großes Beet, in dem sauber geschnittene niedrige Ziersträucher wuchsen, die bereits kräftig ausschlugen. Eine Buche, in Alter und Größe ähnlich der vor seinem Fenster stehenden, beschattete die Terrasse während der heißen Stunden des Tages. Vom Tor aus verlief ein breiter sauberer Kiesweg zum seitlich liegenden Eingang, zu dem drei breite, nicht sehr hohe Stufen hinaufführten. Beiden Grundstücken war gemein, daß die große hintere Rasenfläche zu über zwei Dritteln von großen Bäumen beschattet wurden, denn zu der Zeit, als die Häuser erbaut worden waren, hielt man noch nicht viel davon, die eigene Haut lange ungeschützt der Sonne auszusetzen.

Was mochte sich wohl hinter den großen Fenstern im Obergeschoß, die bis zum Boden reichen mußten, verbergen? Die geschwungenen Gitter davor waren eindeutig mehr als nur architektonische Zierde. Selbstverständlich kam er bei seinen Betrachtungen zu keinem Ergebnis. Er würde sich gedulden müssen, bis der Eigentümer wieder zurückgekehrt war.

Seit zwei Wochen wohnte er jetzt hier. Die Schilderung des Einzugs seines jungen Protagonisten in seine Wohnung war fast fertig. Was nicht ganz einfach gewesen war, denn er wollte den Leser einerseits in die besondere Stimmung der Erzählung einführen, ihm andererseits noch nicht zu viel verraten, um nicht den Eindruck zu erwecken, es handle sich eindeutig um einen Tagtraum. Doch war er überzeugt, daß ihm diese Gratwanderung geglückt war.

Es war relativ früh am Morgen. Er lag noch im Bett. Sein Schlafzimmer ging nach vorne hinaus. Er schlief nicht mehr. Er hatte sich angewöhnt, nach dem Aufwachen noch einige Zeit liegenzubleiben, die Gedanken zu ordnen und seine Träume, sofern er sich noch an sie erinnern konnte, Revue passieren zu lassen, die ihn gelegentlich zu Geschichten inspirierten. Daneben gefiel es ihm, der morgendlichen Stille zu lauschen, die hier lediglich unterbrochen wurde vom Gesang der Vögel und dem Rauschen des Laubes, und allenfalls vom entfernten Brummen eines Traktors, der über die Felder fuhr und einem in der Ferne vorbeifahrenden Auto. Doch diesmal fuhr das Auto nicht an seiner Zufahrtsstraße vorbei, sondern bog in sie ein, näherte sich. Er horchte auf, fragte sich, wer um kurz nach acht hier etwas suchte. Der Wagen bremste ab und kam vor dem Nachbargrundstück zum Stehen. Der Motor wurde jedoch nicht abgestellt. Er hörte laute kräftige Schritte auf dem Asphalt und das deutlich wahrnehmbare Quietschen des nachbarlichen Gartentores. Sein erster Gedanke darauf war nicht, daß sein Nachbar offenbar zurückgekommen war, sondern kurioserweise, daß er sein Gartentor noch immer nicht geölt hatte. Das Gartentor wurde eindeutig vollständig geöffnet, denn er hörte eine längere Zeit das Knirschen von Schritten auf Kies. Kurze Zeit später wurde die Wagentür wieder zugeschlagen und der Wagen erneut in Bewegungen gesetzt. Der Kies knirschte unter den Reifen. Obwohl er auf seinen Nachbarn neugierig war, war er um diese Zeit doch noch zu träge, um aufzustehen und nachzusehen. Der Wagen hielt erneut. Das Motorengeräusch erstarb. Die Autotür knarrte, erneut knirschten Schritte auf Kies. Es waren stets dieselben Schritte. Kurz darauf war zweimaliges Türenschlagen mit etwas Abstand voneinander zu vernehmen, vermutlich Fahrertür und Kofferraum. Die Schritte – auf Kies war es wirklich unmöglich unbemerkt zu gehen – klangen schwerer, wahrscheinlich trug der Ankömmling sein Gepäck zum Haus. Dann fiel die Haustür ins Schloß und morgendliche Ruhe kehrte wieder ein.

Wenig später stand er auf und ging ins Bad. Noch vor einem leichten Frühstück, das den Namen kaum verdiente, morgens aß er nur wenig, hatte die Neugier doch den Sieg davon getragen. Er begab sich ins Arbeitszimmer und sah aus dem Fenster zur Villa hinüber.

Alle Fenster auf der Terrassenseite waren geöffnet. Im Obergeschoß war ein großzügiges Atelier eingerichtet, wenn ein solches früher in der Regel nach Norden ausgerichtet wurde. Auf einer Staffelei stand ein mit einem Tuch abgedecktes Bild. An den Wänden lehnten, mit der Bildseite zur Wand, Bilder in verschiedenen Formaten. Ein großer Zeichentisch, auf dem wohlgeordnet diverse

Zeichen- und Malutensilien lagen, stand unmittelbar unter einem der Fenster. Außer dem Atelier befand sich auf dieser Etage noch ein Schlafzimmer und ein Bad. Das Schlafzimmer wurde von einem Spiegelschrank und einem filigranen Metallbett beherrscht. Begünstigt durch die, bis zum Boden reichenden Fenster konnte er sehen, daß keinerlei Teppiche auf dem Boden lagen, das Parkett machte einen gepflegten Eindruck. Dagegen wies das Parkett im Atelier die unvermeidlichen Gebrauchsspuren auf, die eine derartige Raumnutzung nach sich zog. Über das Bett waren verschiedene Kleidungsstücke gebreitet, ob es die eines Mannes oder einer Frau waren – die Schritte hatten ihm keinen eindeutigen Hinweis geben können – konnte er aus der Entfernung nicht beurteilen. Der Bewohner schien wohl noch nicht dazu gekommen zu sein, die Sachen nach dem Auspacken wegzuräumen. Mehr als daß das Bad von einer altmodischen großen Wanne dominiert wurde und die graublauen Fliesen bis unter die Decke reichten, konnte er durch das schmale Fenster nicht sehen. Im Erdgeschoß war, so weit er das von seiner erhöhten Position aus erkennen konnte, ein großes Wohnzimmer, fast schon ein Salon, und eine Art Eßzimmer. Das Interieur in beiden Räumen war stilvoll und alles andere als überladen.

Das Klingeln des Telefons beendete vorerst seine Beobachtungen. Offenbar war es ihm noch nicht vergönnt, seinen Nachbarn zu sehen. Es war sein Verleger, der ihn fragte, ob er bei der Einweihungsparty vor zwei Tagen nicht sein Notizbuch bei ihm vergessen hatte. Er verneinte und sie kamen wie üblich ins Plaudern. Als er den Hörer nach fast einer Stunde wieder auflegte, blickte er noch einmal zum Haus hinüber.

Das Badezimmerfenster war geschlossen worden, die anderen standen aber weiterhin offen. Die Kleidungsstücke lagen noch immer auf dem Bett. Er hatte also den Moment versäumt, in dem er den Bewohner das erste Mal zu Gesicht bekommen hätte. Er überlegte schon, ob er seinen Beobachtungsposten nicht aufgeben sollte, da trat eine junge Frau ins Schlafzimmer und ging ans Fenster. Sie stützte sich auf das schmiedeeiserne Geländer, stellte die Beine leicht gekreuzt und sah in den Garten hinunter. Hätte sie zu ihm hinübergesehen, hätte sie ihn am Fenster stehen sehen können, aber sie machte keinerlei Anstalten in seine Richtung zu schauen, was ihm Gelegenheit gab, sie ungestört zu betrachten.

Sie mußte um die Dreißig sein, war relativ groß, das dichte

dunkle Haar hatte sie im Nacken zusammengebunden, einige
Strähnen hingen ihr nachlässig in der Stirn. Daß sie gut aussah,
konnte er auch aus der Entfernung erkennen. Sie war sportlich
schlank, unter ihrer hellen Bluse, deren Ärmel sie bis zu den Ell-
bogen hochgekrempelt hatte, wölbte sich ein ansprechender Busen. Er mußte schmunzeln, als ihm bewußt wurde, daß er wie viele Männer seine Aufmerksamkeit sogleich darauf lenkte, dabei
zog ihn ihr dichtes, dunkles langes Haar und ihre vollen Lippen
vielmehr an. Ihr enganliegender, knielanger blauer Lederrock betonte die muskulösen Schenkel und die etwas zu breiten Hüften,
ließen dafür die Taille schmaler erscheinen und gaben ihrem Körper eine angenehm fließende Silhouette. Ihre Füße steckten in
schicken blauen hochhackigen Schuhen. Sie schien mit ihren Gedanken weit weg zu sein, stand eine Weile so da, strich sich ab
und zu gedankenverloren eine Strähne aus der Stirn, die ein leichter Windhauch dorthin geweht hatte.

Nach einem kurzen Blick zur Straße ging sie ins Zimmer zurück
und begann die auf dem Bett liegenden Kleidungsstücke in den
Schrank zu räumen.

Seine Neugierde war fürs erste gestillt. Er beobachtete sie nicht
weiter, weil er fand, sie nun genug ›belästigt‹ zu haben. In jedem
Fall war er davon angetan, eine attraktive Nachbarin zu haben. In
deutlich gehobener Stimmung setzte er sich an den Schreibtisch
und fuhr mit der Arbeit an seiner Geschichte fort.

3.

In den folgenden Tagen saß die ›Schöne
Künstlerin‹, wie er sie bei sich nannte, fast täglich am Zeichentisch, die Fenster weit geöffnet, schließlich zeigte sich der Frühling von seiner besten Seite und vermittelte einen Vorgeschmack
auf den nahenden Sommer.

Im Haus schien sie knielange figurbetont geschnittene Baum-
wollkleider mit großen hellbunten Fantasiemustern zu bevorzugen, die nicht zuletzt, weil sie vorne durchgehend geknöpft wurden, an Kittel erinnerten, einige waren ärmellos, andere besaßen

einen halben Arm. Obwohl sie eindeutig nach praktischen Erwägungen ausgesucht waren, betonten sie ihre Silhouette aufs angenehmste. Das lange Haar trug sie beim Arbeiten meist zu einem Zopf geflochten. Sie hegte offenkundig eine Leidenschaft für hohe Absätze, denn er sah sie selbst im Haus so gut wie nie auf flachen Sohlen. Auf einem aparten zartbestrumpften Frauenbein, über dessen Fuß ein hochhackiger Schuh gestreift war, ließ er nur zu gerne seinen Blick ruhen. Ihm gefiel ein Rocksaum auf Höhe der Waden mehr als allzu nah bei der Taille, obwohl das natürlich auch seine Reize besaß. Lediglich einen Teil ihres Beines zu sehen, die Knie bedeckt, vor allem wenn sie leger die Beine übereinandergeschlagen hatte, besaß für ihn mehr Reiz, beflügelte eher seine Fantasie. Er stellte sich dann gerne vor, wie es weiter oben aussah, welche Säume ihre Strümpfe hatten. Zuviel zu sehen, fand er auf Dauer langweilig.

Zuerst war es ihm gar nicht bewußt, daß er bald häufiger zu ihr hinübersah. Waren es anfangs nur spontane flüchtige Blicke, so sah er nun absichtlich hinüber. Die ersten beiden Tage zögerte er noch, sein altes Fernglas aus der unteren Schreibtischschublade zu holen und zu benutzen. Er fürchtete, daß sie, sollte sie zufällig im gleichen Moment in seine Richtung blicken, ihn mit dem Fernglas sehen könnte. Doch war diese Befürchtung, wie er wußte, unbegründet. Obwohl die Gardine vor seinem Arbeitszimmerfenster kaum mehr als ein hauchzarter Gazeschleier war, war sie doch dicht genug, daß sie ihn, solange die Sonne nicht unmittelbar ins Zimmer schien, kaum mit bloßem Auge würde sehen können.

Am dritten Tag überwand er seine ›Skrupel‹. Es war ein starkes Fernglas. Er hatte es gekauft, als er vor einigen Jahren eine Zeitlang mit einer jungen Ornithologin liiert gewesen war und sie auf ihren Beobachtungsstreifzügen begleitet hatte. Er sah dadurch seine Nachbarin so deutlich, als säße er ihr fast unmittelbar gegenüber. Zwar zeichnete die dünne Gardine das Bild leicht weich, aber das gab ihm etwas romantisch Verträumtes.

An was sie arbeitete, konnte er nicht erkennen. Dafür entdeckte er, daß sie braune Augen hatte – sie hatte für den Moment aufgeschaut, doch nicht direkt zu ihm hinüber, sondern etwas an ihm vorbei, war mit den Gedanken ganz woanders – und ein kleines Muttermal auf der linken Wange, etwas unter dem Ohr, das, trug sie ihr Haar offen, von diesem verdeckt wurde. Das Bild auf der Staffelei war noch immer mit einem Tuch abgedeckt.

Jetzt, wo er seine Scheu überwunden hatte, benutzte er das Fernglas häufiger, bald regelmäßig. Doch nur, wenn sie sich im Atelier aufhielt. So weit, sie im Schlafzimmer oder gar im Bad zu beobachten, war er noch nicht. Auch als sie an einem späten Nachmittag, die Sonne hatte schon einen Teil ihrer Kraft eingebüßt, nackt auf einer Liege auf der Terrasse lag, warf er nur einen verstohlenen Blick hinüber.

Einmal in der Woche fuhr sie mit einer großen Zeichenmappe unter dem Arm weg und kam erst am späten Abend zurück. Ihre kittelähnlichen Kleider vertauschte sie dann mit figurbetonten Kostümen, deren Röcke wirklich kurz waren und in Kombination mit hochhackigen Schuhen ihre Beine noch länger erscheinen ließen, als sie ohnehin schon waren, und trug die schönen Haare offen.

Ohne es vorerst zu wissen, hatte sie einen neuen Bewunderer gewonnen. Er ›bedauerte‹ einzig die Kürze ihrer Röcke. In engen knielangen hätte sie ihm besser gefallen.

Jeden Morgen, wenn er sein eher spartanisches Frühstück zu sich nahm, sah er sie durchs Küchenfenster von ihrem Morgenlauf zurückkommen. War es halbwegs warm, trug sie lediglich ein knappes enges Trikot, das gerade nur soviel vom Körper verdeckte, wie nötig war. Obwohl sie innerhalb weniger Augenblicke an seinem Fenster vorbei war, ohne jemals auch nur einen Blick auf sein Haus zu werfen, konnte er doch deutlich das Spiel ihrer Muskeln bewundern. Sie kehrte fast immer um die gleiche Zeit zurück. Schon bald wartete er ihre Rückkehr am Fenster stehend ab. Er fragte sich nicht nur, wohin sie ihr Morgenlauf führte, sondern vor allem wann sie mit ihm begann. Von dieser Frage bis zum Entschluß ihr einmal zu folgen, war es kein allzu großer Schritt. Bereits an einem der nächsten Tage suchte er seine alte Sporthose und die Joggingschuhe heraus und legte sie für den nächsten Morgen zurecht. Vor sich selbst rechtfertigte er es damit, daß er etwas mehr Bewegung gebrauchen könnte. Dabei ignorierte er, daß er fast jeden Nachmittag eine Runde auf dem Rad drehte.

Entgegen seiner Gewohnheit und wissend, alles andere als ein Frühaufsteher zu sein, stand er frühzeitig am nächsten Morgen auf und zum Laufen fertig am Küchenfenster und wartete darauf, daß sie vorbeikam. Fast eine Dreiviertelstunde stand er dort, mehrmals gähnend und mehr dem Bett als einem Langlauf zugeneigt, ehe er ihr Gartentor quietschen hörte. Kurze Zeit später lief sie fröhlich vorbei, die langen Haare im Nacken zusammengebunden. Er wartete nur wenige Augenblicke ab, dann verließ auch er das Haus. Als er auf der Straße stand, besaß sie schon etwa fünfzig Meter Vorsprung. Es war ein frischer Morgen, der ihm sagte, daß trotz der Wärme des Tages es eben doch noch Mai und nicht Sommer war. Die Kühle vertrieb jedoch seine Müdigkeit und er setzte sich in Bewegung.

Sie legte ein schönes Tempo vor, wie er fand. Er mußte sich sputen, um sie nicht aus den Augen zu verlieren.

Zuerst lief sie ein ganzes Stück den Feldweg entlang. Langsam kam er in den richtigen Rhythmus, spürte aber, daß ihm das Laufen ungewohnter als das Radfahren war. Einholen würde er sie nicht. Das brauchte er nicht zu fürchten. Er konnte schon froh sein, wenn er die Distanz hielt und keine Seitenstiche bekam.

Vom Ort und schon gar nicht von ihren beiden Häusern war mehr etwas zu sehen, als sie in einen unbefestigten Nebenweg einbog, der direkt zum Wald führte. Er versuchte etwas aufzuschließen. Ihm gelangen aber nur wenige Meter. Zwar wollte er sie im Wald nicht gleich aus den Augen verlieren, andererseits bewahrte ihn ein größerer Abstand davor, von ihr entdeckt zu werden. Solange sie nicht fühlte, daß ihr jemand folgte, solange würde sie sich auch nicht umdrehen – hoffte er zumindest.

Im Wald war es merklich frischer. Die ersten Strahlen der Morgensonne, die sich einen Weg durch eine leichte Diesigkeit bahnen mußten, hatten nicht genügend Kraft, die Luft im Inneren des Waldes zu erwärmen. Andererseits war ihm diese Erfrischung recht, denn ihm war schon reichlich warm geworden.

Nachdem sie vielleicht zwanzig Minuten gelaufen waren, machte sich in ihm der Wunsch breit, schon an diesem Punkt abzubrechen. Um diesem Drang nicht zu erliegen, konzentrierte er sich auf ihre Rückfront, dachte nur an sie und zwang sich somit, ihr weiterhin zu folgen. Bald hatte er den ersten toten Punkt überwunden und es lief sich besser, ja er verringerte den Abstand zu ihr auf etwa dreißig Meter.

Sie lief faktisch eine Schleife und verließ den Wald auf einem anderen Weg, der gut dreihundert Meter von ihren Häusern entfernt auf den befestigten Feldweg zurückführte. Die Stunde war fast um. Sie hatte sich nicht einmal umgedreht. Er war froh, als sie wieder auf dem Feldweg waren. Allzu lange hätte er nicht mehr durchgehalten. Ihr dagegen war nicht die geringste Erschöpfung anzusehen. Sie lief noch immer, als hätte sie gerade erst begonnen.

Die letzten Schritte bis zum Haus lief er nicht mehr, sondern ging. Er hörte ihr Gartentor quietschen – er hatte das seine mittlerweile geölt, so daß es lautlos in den Angeln lief – und atmete erleichtert mehrmals tief durch. Sein Puls raste und er hatte das T-Shirt durchgeschwitzt. Im Haus ließ er sich der Länge nach im Wohnzimmer auf die Couch fallen. Es war lange her, daß ihn eine Frau derart geschafft hatte, und das, ohne daß sie einander selten näher als ungefähr dreißig bis vierzig Meter gekommen waren. Das wollte etwas heißen!

Nachdem Herzschlag und Atemfrequenz wieder normale Werte angenommen hatten, stand er auf, ging in die Küche und leerte fast eine Karaffe Wasser. Dann duschte er und legte sich anschließend noch mal aufs Bett. So schnell würde er ihr nicht mehr hinterherlaufen, zumindest nicht bevor er besser trainiert war.

4.

Er hatte sich zum Arbeiten hingesetzt. Es war früher Nachmittag. Der zweite Abschnitt seiner Erzählung stand. Hinterhergelaufen war er seiner Nachbarin nicht mehr. Ihm hatten die Beinmuskeln an jenem Abend verflucht geschmerzt. Außerdem war ihm in seinem Entschluß das Wetter der folgenden beiden Tage entgegengekommen, denn es waren äußerst regnerische gewesen. Doch sie hatte sich dadurch nicht von ihrem Lauf abhalten lassen. Sie hatte zum Regenschutz lediglich eine Mütze übergezogen. Er hatte sogar den Eindruck, daß es ihr gefiel, beim Laufen vom Regen durchnäßt zu werden.

Das Quietschen des Gartentores seiner Nachbarin weckte seine Aufmerksamkeit. Er sah aus dem Fenster. Ein großer, sportlicher junger Mann von vielleicht zwanzig Jahren ging, ein Mountainbike über den Kiesweg schiebend, auf das Haus zu. Seit sie zurück war, schien er ihr erster Besuch zu sein. Sie erwartete ihn freundlich lächelnd auf der Terrasse. Er lehnte das Rad gegen die Hauswand. Sie begrüßten sich mit einem kurzen Wangenkuß. Ganz gleich ob der junge Adonis – er sah wirklich gut aus in seiner engen Jeans, dem ärmellosen Shirt, den im Nacken zusammengebundenen, dichten langen Haaren – ein Freund, ein Bekannter oder gar ihr Liebhaber war, gaben beide auf jeden Fall ein schönes Bild ab.

Aus der kurzen Unterhaltung, die sie auf der Terrasse führten, konnte er kaum Rückschlüsse ziehen. Zwar drangen ihre Stimmen zu ihm hinüber, aber trotz der sie umgebenden Ruhe konnte er nicht einmal Wortfetzen verstehen, da sie ruhig und leise sprachen.

Nach dieser kurzen Begrüßung gingen sie ins Haus. Wenig später sah er sie im Atelier. Erst jetzt fiel ihm auf, daß das Bild nicht mehr auf der Staffelei stand, dafür nun ein großer Zeichenblock. Sie erklärte dem jungen Mann etwas, zeichnete mit den Händen imaginäre Linien aufs Papier. Er hörte ihr aufmerksam zu. Dann führte sie ihn zum Zeichentisch und zeigte ihm einige Skizzen. Sie hielt sie jedoch so, daß er wieder nichts erkennen konnte. Doch im Augenblick interessierte ihn mehr, herauszufinden, in welcher Beziehung sie zueinander standen.

Sie schob einen kleinen Tisch, auf dem verschiedene Zeichenkohlen, Farbtuben, eine Palette mit dicken Farbschichten lagen und zwei alte Konservendosen mit darin dichtgedrängten Pinsel standen, zur Staffelei.

Währenddessen zog der junge Mann sich aus. Viel trug er nicht. Er löste das blonde Haar, das ihm locker über die breiten Schultern fiel, die wenig Kantiges besaßen. Er war nicht auffällig muskulös. Nackt wirkte er kräftiger als angezogen. Er machte einige Lockerungsübungen, was ihm Gelegenheit gab, ihn von allen Seiten zu betrachten. Die Hüften waren auffallend schmal, die Beine waren gerade und so gut wie haarlos, ebenso besaß er keine Brustbehaarung, was seine Jugend noch mehr betonte. Der Bauch war flach – unwillkürlich zog er seinen nicht vorhandenen ein. Auch was weiter unten zu entdecken war, hatte mit dem, was an dieser Stelle bei antiken Statuen zu sehen ist, wenig gemein. Was dort mehr angedeutet ist, konnte hier in beinahe üppiger Schönheit bewundert werden, ohne daß *Er* jetzt übertrieben groß gewesen wäre. Es war der Körper eines Mannes und zugleich noch der eines Jungen. Alles in allem hätte er auf diesen schönen Jüngling neidisch werden können, wenn er selbst von Mutter Natur benachteiligt worden wäre.

Sie sah seinen Lockerungsübungen aufmerksam zu, was er ver-

stehen konnte. Im Gegensatz zu den meisten seiner Geschlechts-
genossen wußte er auch die Schönheit eines Mannes zu würdigen.
Nachdem er seine Lockerungsübungen beendet hatte, ging sie
auf ihn zu und sagte etwas zu ihm. Darauf nahm er eine Pose ein.
Diese schien noch nicht ihren Vorstellungen zu entsprechen, denn
sie brachte ihn eigenhändig in die von ihr gewünschte. Er konnte
sich des Eindrucks nicht erwehren, daß sie ihn dazu mehr berührte, als es notwendig gewesen wäre, was dem Jüngling natürlich
alles andere als unangenehm zu sein schien.

Er stand im Halbprofil zu ihr, in einer Pose, die seinen Körper
bestens zur Geltung brachte, ihm aber zugleich etwas Weiches, ja
fast schon Verletzliches gab.

Da es das erste Mal war, daß er Gelegenheit hatte, einem Künstler und seinem Modell bei der Arbeit zuzusehen, ohne daß beide
davon wußten, einen Zuschauer zu haben, nutzte er es beinahe
schamlos aus. Zumal der Umstand, daß es sich um eine Künstlerin
und ein männliches Modell handelte, den Reiz erhöhte. Schon einmal hatte er einer Künstlerin bei der Arbeit zugesehen, seiner
Freundin Maria, nur wußten da alle Beteiligten, daß sie einen Zuschauer hatten.

Dann tat sie etwas, was ihn überraschte, aber offenkundig nicht
den Jungen. Bevor sie an die Staffelei ging, um mit ihrer Arbeit zu
beginnen, zog sie ihr Kleid aus und legte es über einen Stuhl. Darunter war sie, bis auf ihre hochhackigen Schuhe, nackt. Während
des kurzen Weges vom Stuhl zur Staffelei, wobei sie ihm die Vor-
derseite zuwandte, konnte er sehen, daß ihre Brüste rund waren,
der Schwerkraft gerade soweit nachgaben, daß sie den Eindruck
von Künstlichkeit gar nicht erst aufkommen ließen, die Warzen
waren dunkel, und ihre haarlose Scham angenehm anzuschauen
war– da er es bisher vermieden hatte, sie, während sie sich nackt
auf der Terrasse sonnte, mit dem Fernglas zu betrachten, war es
tatsächlich das erste Mal, daß er ihre Nacktheit detailliert beobachten konnte.

Kaum hatte er dies gedacht, mußte er sich korrigieren, denn er
entdeckte unterhalb ihrer rechten Brust eine etwa fünf Zentime-
ter lange, wenig schön verheilte Narbe. Ihr fehlte zur Schönheit
also kein Makel. Einen Augenblick später sah er nur noch ihre
Rückfront, ihre relativ breiten Schultern, das Spiel ihrer Rücken-
muskeln, ihre schmale Taille und ihren Po, der dem des Adonis'
in seiner Schönheit in nichts nachstand.

Er hatte schon gehört, daß manche Künstler, zeichneten und malten sie Akte, selbst nackt waren, um so eine scheinbare Ungleichheit zwischen sich und dem nackten Modell zu überwinden, manche malten sogar häufig nackt, aber es war das erste Mal, daß er es mit eigenen Augen sah. Was gab es schließlich Natürlicheres als Nacktheit? Und doch bestand ein Ungleichgewicht zwischen beiden, genau genommen war nur er nackt, sie trug Schuhe. Da hochhackige Schuhe mit dem Attribut des Erotischen besetzt waren, hatte diese Szene nichts wirklich Natürliches an sich, sondern war mit einer gewissen Spannung aufgeladen.

Doch, fragte er sich, kann das Verhältnis zwischen Künstler und Modell überhaupt ein rein arbeitsmäßiges sein, wenn das anschließende Ergebnis von Qualität sein soll, wenn der Künstler sein Ziel erreichen will?

Das waren Überlegungen, die er sich als Schriftsteller nur am Rande machte. Er brauchte keine Modelle für seine Arbeit, zumindest nicht, wenn er schrieb. Daß seine Figuren in gewisser Weise auch nach Modellen geschaffen waren, hätte er als Letzter abgestritten.

Sie nahm ein Stück Zeichenkohle und warf ein paar schnelle, sichere Striche aufs Papier, mit denen sie das Wesentliche erfaßte.

Ab und zu wechselten sie einige Worte miteinander. Er veränderte seine Posen, wenn sie ein neues Blatt begann. Gelegentlich ging sie zu ihm, korrigierte seine Haltung. Ob bewußt oder unbewußt, ob durch ihre Gegenwart, ihre Persönlichkeit vielleicht mehr als durch ihre Nacktheit, jedenfalls hatte sein Penis während dieser Sitzung seine Größe vorteilhaft verändert, was sie auch sogleich und mit sichtlicher Anteilnahme auf ihren Skizzen erfaßte.

Innerhalb kaum einer Stunde hatte sie rund ein Dutzend Skizzen fertiggestellt. Es waren fast ausnahmslos klassische Aktstudien, fast schien es ihm, als seien sie zum ›Aufwärmen‹ gedacht. Dann machten sie eine kurze Pause. Sie tauschte den Block gegen ein Brett aus und klemmte ein großes Blatt schweren Papiers darauf.

Er lehnte sich in seinem Arbeitszimmer rücklings an den Schreibtisch, ihm wurden die Beine schwer.

Der Jüngling setzte sich unterdessen auf einen Stuhl und machte einige Lockerungsübungen. Modellstehen ist schließlich Arbeit. Nun brachte sie ihn erneut in Pose. Diesmal ließ sie sich mehr

Zeit, ging sorgfältiger vor. Sie drehte und beugte seine Arme und Beine so, wie es ihr passend schien. Diesmal schwoll auch sein Penis, den sie zwei oder dreimal wie zufällig berührte, zur vollen Größe an. Er hatte den Eindruck, daß sie ihm sogar ein Kompliment in dieser Richtung machte, denn er lächelte fast schon leicht verlegen.

Als er eine Stellung innehatte, die ihre vollste Zufriedenheit fand, ging sie zur Staffelei zurück. Diese Pose erschien ihm noch verträumter, fast schon verletzlich, aber zugleich auch kraftvoll sinnlich und unterstrich zudem seine Jugend. Sie wollte offenkundig die weibliche Seite in ihm betonen, die in jedem Mann vorhanden ist und nicht nur wegen des X-Chromosoms.

Sie nahm ein neues Stück Zeichenkohle und begann mit ruhigeren überlegteren Strichen, den Jüngling zu zeichnen. Jede Linie, jeden Muskel brachte sie mit präzisen Strichen zu Papier. Auch sein Penis wurde detailliert erfaßt. Da selbst ein Mann seines Alters eine Erektion nicht pausenlos aufrechterhalten kann und vor allem nicht, wenn er dabei eine bestimmte Pose einhalten muß, selbst wenn er von einer verführerischen nackten Frau gezeichnet wird, mußte gelegentlich nachgeholfen werden. Sooft sie sah, daß seine ›Standfestigkeit‹ nachließ, legte sie die Zeichenkohle beiseite, ging zu ihm und brachte ihn mit sanften zärtlichen Berührungen wieder in den gewünschten Zustand, was ihr alles andere als lästig zu sein schien.

Nach gut zwei Stunden – die Zeichnung war im wesentlichen fertig – hatte sie ein Einsehen mit ihm, legte die Zeichenkohle auf den Tisch und beendete damit die Sitzung. Er entspannte sich, sichtlich erleichtert. Sie ging zu ihm, sagte etwas. Zu seiner Überraschung – nicht zu der des Jünglings! – legte sie ihm die Hände auf die Schultern und schob ihm die Zunge voller Zärtlichkeit in den Mund. Nach einem ausgiebigen Zungenspiel schob sie ihn zum Stuhl, über den sie ihr kittelähnliches Kleid gebreitet hatte. Mit leichtem Druck auf seine Schultern hieß sie ihn, sich zu setzen. Er tat es bereitwillig, sah sie von unten her an. Sie sagte etwas zu ihm. Er lächelte fast selig. Sie fuhr ihm mit den Fingern zärtlich durch das lange Haar. Dann griff sie in eine Tasche ihres Hauskleides, holte ein Kondom heraus und streifte es ihm mit dem Mund über.

Sie liebte ihn langsam und genüßlich, die Brüste an seiner Brust reibend. Er hatte ihr die Hände auf die Hüften gelegt. Gelegentlich küßte sie ihn, leckte ihm bisweilen durchs Gesicht, umspielten sich ihre Zungen deutlich sichtbar. Jetzt bei der Liebe mit dem schönen Jüngling erschien sie ihm noch reizvoller. Daß sie mehr als zehn Jahre älter als er war, fiel nicht ins Gewicht. Als sie kam, umarmte sie ihn und drückte ihm das Gesicht zwischen die Brüste. Der Genuß durchströmte ihren Körper. Er schien kurz nach ihr zu kommen. Ihm anschließend zärtlich durchs Haar streichend, blieben sie eine Zeitlang in dieser Haltung sitzen.

Ihm einen letzten zärtlichen Kuß zuerst auf die Stirn und dann auf die Lippen drückend, ihre Zungen berührten sich nur flüchtig, stieg sie von ihm und zog ihr Hauskleid wieder an. Er stand auf und ging schnurstracks ins Bad.

Sie stellte sich vor das Bild und fügte noch einige Striche hinzu, bis es ihre volle Zufriedenheit fand. Mit einem letzten prüfenden Blick darauf verließ auch sie das Atelier.

Er legte das Fernglas in die oberste Schublade seines Schreibtisches. Das alles war natürlich nicht ohne Wirkung auf ihn geblieben. Die Szene im Atelier hatte ihn nicht direkt aufgegeilt, dennoch sinnlich angesprochen. Es hatte ihn in seiner Überzeugung bestätigt, daß es weitaus ästhetischer ist, ist die Frau oben. Ihre weichen gerundeten Formen wirken selbst bei einem ausgesprochenen Muskelspiel weniger eckig, fließender. Ganz gleich wie darüber gedacht wurde, daß die Natur primär weiblich ausgelegt ist, ist unübersehbar. Doch wirklich harmonisch ist sie nur im Zusammenspiel beider Seiten.

Verständlicherweise gelang es ihm zunächst nicht, seine Arbeit an der Geschichte wiederaufzunehmen. Zu nachhaltig hatten sich ihm die Bilder eingeprägt. Er lehnte sich auf seinem Stuhl zurück und ließ die Gedanken schweifen.

Wenig später hörte er die knirschenden Schritte des jungen Mannes auf dem Kies und das quietschende Gartentor. Fast mechanisch warf er einen Blick zu ihr hinüber. Sie war nicht mehr ins Atelier zurückgekehrt, die Zeichnung war noch auf der Staffelei, das Hauskleid hing noch über dem Stuhl. Sie war im Schlafzimmer. Sie hatte sich, das Haar gelöst, rücklings aufs Bett gelegt, die Arme im Nacken verschränkt und den Blick an die Decke gerichtet. Ihre Brust hob und senkte sich leicht unter ihren regelmäßigen Atemzügen. Er hätte gern gewußt, an was sie jetzt dachte.

Er legte das Fernglas nun endgültig für diesen Tag in die Schublade zurück und stand auf. So recht fühlte er sich nicht in der Lage, weiter an seiner Erzählung zu arbeiten, und tat es der ›Schönen Künstlerin‹ in gewisser Weise nach; er legte sich auf das schon leicht durchgelegene bequeme Sofa in seinem Arbeitszimmer.

Während er an die Decke sah, auf die hereindringenden Frühlingsgeräusche lauschte, aus den Augenwinkeln heraus sah, wie die Gardine im Luftzug des offenen Fensters leicht wehte, versuchte er, die Szene zwischen der ›Schönen Künstlerin‹ und dem Jüngling einzuordnen. Sie sahen beide gut aus, schienen das Leben zu bejahen, sofern man überhaupt aus der Distanz heraus eine solche Feststellung machen kann, aber er unterstellte es ihnen einmal. Also, warum sollten sie die Lust nicht miteinander genießen? War es letztlich nur schwer vermeidbar, daß sich zwischen Künstler und Modell große Intimität entwickelte? So wie das Modell ein Teil seines Innersten offen legen mußte, mußte der Künstler bereit sein, das Wesen des Modells zu erfassen, um es adäquat darstellen zu können. Daß sich dabei eine starke erotische Spannung aufbaute, bedingt durch die große Nähe, war genaugenommen nur konsequent. Er konnte sich nicht vorstellen, daß ein Künstler mit einem Modell arbeitete, ohne das Bedürfnis mit ihm intim zu werden entwickelte. Aber er kannte nur einen bildenden Künstler, in dessen Mittelpunkt der Mensch stand; Maria. Maria, bei der sich die Kritiker offenbar immer genötigt sahen, neben ihrem Talent fast schon penetrant zu betonen, daß sie eine schöne Frau war, mit einer »*Figur und einer Oberweite, an deren Üppigkeit ein Russ Meyer sicherlich seine Freude gehabt hätte*«, wie einst ein Vertreter dieser Zunft sich in seiner Euphorie hatte hinreißen lassen zu schreiben, und das auch noch im Feuilleton einer Zeitung, die sonst einen eher nüchternen Ton pflegte. Warum mußte Attraktivität bei begabten und intelligenten Frauen immer so herausgestellt werden? Als könnte eine Frau nicht intelligent *und* schön zugleich sein. Bei Männern erwähnte es doch auch keiner, trafen beide Eigenschaften zusammen. Das war ein Punkt, an den er sich wohl nie würde gewöhnen können. Von Maria wußte er definitiv, daß sie mit mehr als einem ihrer Modelle eine intime Begegnung gepflegt hatte. Zwar war Maria homosexuell und ihre Modelle überwiegend weiblich, doch er zweifelte nicht daran, daß es bei Heteros kaum anders war. Schließlich brauchte man doch nur stichprobenartig die Biographien der größten der Zunft durchzugehen. Und doch fühlte er, daß er die Spannung zwischen

Künstler und Modell, die Situation zwischen der ›Schönen Künstlerin‹ und dem Jüngling etwa, nicht wirklich nachempfinden konnte. Lag es am Ende daran, daß seine Profession allzu intellektuell, zu abstrakt war? Immerhin gab es nichts Abstrakteres als Sprache und hatte es nicht unweigerlich auf den, der sich fortlaufend damit beschäftigte, Rückwirkungen? Er bemerkte, daß er abschweifte, daß seine Gedanken begannen, ihre eigenen Wege zu gehen.

Bald wurde das Bild seiner Nachbarin von dem anderer Frauen überlagert, die ihm nahestanden oder einmal nahegestanden haben. Nur zu gern überließ er sich diesen Bildern und glitt langsam in den Zustand des Halbschlafes hinüber, der eine Zeit- und Körperlosigkeit brachte.

Er wußte nicht, wie lange er sich in diesem fast elysischen Zustand befunden hatte. Ein Klingeln an seiner Haustür ließ ihn jäh und fast schon schuldbewußt zusammenschrecken, als wäre er bei etwas Verbotenem ertappt worden – er hatte die schemenhafte Erinnerung an eine Schöne – leider gelang es ihm nicht mehr, sich ihr Gesicht zu vergegenwärtigen – und eine blühende Frühlingslandschaft. Er selbst hatte sich nicht nur in ihrer unmittelbaren Nähe befunden, sondern es bestand auch irgendeine Beziehung zwischen ihnen, doch damit erschöpfte es sich auch schon.

Es war mittlerweile später Nachmittag. Die Sonne war bereits so weit nach Westen gewandert, daß sie schon relativ tief über dem Horizont stand, doch noch so hoch, daß die Kraft ihrer Strahlen kaum vermindert wurden, und sein Arbeitszimmer nun größtenteils in Sonnenlicht getaucht war.

Sich fragend, wer das wohl sein konnte, stand er auf, noch nicht gänzlich wieder im Diesseits weilend, und ging nach unten.

»Ich dachte, ich komme dich mal besuchen. Wollte mal dein neues Heim sehen. Leider habe ich es zu deiner Einweihungsfeier nicht geschafft«, sagte Viviane kaum, daß er die Tür geöffnet hatte. »Ich komme hoffentlich nicht ungelegen«, fügte sie vorsichtig hinzu, offenbar spiegelten sich seine wirren Gedanken in seiner Mimik wider.

Nein, ungelegen kam sie ihm nicht. Vielmehr freute er sich, sie zu sehen, was leider viel zu selten vorkam. Ihre journalistische Arbeit führte sie häufig nach Frankreich, Italien und Spanien, wo sie in der Regel länger blieb und sich dort sehr wohlfühlte. Sie hatten sich schon während ihres Studiums kennengelernt.

Ob durch die Bilder dieses Nachmittags, die realen wie die imaginären, begünstigt, oder einfach aus Wiedersehnsfreude, jedenfalls fand er, daß sie so gut aussah wie schon lange nicht mehr. Das mittellange dunkelbraune Haar floß ihr weich über die runden Schultern, das helle Kostüm betonte, abgesehen von etwas zu breiten Hüften und kräftigen Schenkeln, ihren schlanken Wuchs. Ihr Make-up war wie üblich dezent wie verführerisch. Wie um sein ›Glück‹ zu vervollständigen, trug sie einen fast wadenlangen Rock, dunkle Strümpfe und hochhackige Schuhe. Sie trug meist relativ lange Röcke, dunkle Strümpfe und hohe Absätze.

»Eine schöne Frau kommt mir nie ungelegen«, erklärte er derart euphorisch und von einem so verklärten Gesichtsausdruck begleitet, daß sie sich des Eindrucks nicht erwehren konnte, er habe nun wohl endgültig den schmalen Grat zwischen Genie und Wahnsinn zur falschen Seite hin überschritten, oder zumindest heimlich mit dem Trinken begonnen. Beides lief in ihren Augen so ziemlich auf das Gleiche hinaus.

»Man könnte meinen, du hättest monatelang auf einer einsamen Insel ohne eine Frau verbracht«, meinte sie kopfschüttelnd, doch nicht unangenehm von seinem Kompliment berührt, und trat an ihm vorbei in den Flur.

Er lächelte leicht verlegen. Ihm wurde bewußt, daß das Bild der ›Schönen Künstlerin‹ eine nicht geringe Schuld daran trug, obwohl allein Vivianes Gegenwart genügt hätte, diese Gefühle in ihm zu wecken.

Er schloß die Tür und ließ mit einem inneren sehnsüchtigen Seufzer, der ihrer mehr ironisch gemeinten Bemerkung einen überdeutlichen Wahrheitsgehalt verschaffte, den Blick auf ihrer schönen Rückfront, ihren schönen Beinen ruhen.

Er zeigte ihr das Haus und den Garten, was ihn langsam wieder in die Realität zurückholte und ihn sich an ihre Gegenwart gewöhnen ließ. Sie war von allem angetan, wie nicht anders zu erwarten, hatten sie doch in vielem denselben Geschmack. Der große leicht verwilderte Garten gefiel ihr sehr gut.

»Hier könnte ich es auch aushalten«, meinte sie.

Die Führung hatte in seinem Schlafzimmer geendet.

»Du bist immer willkommen. Auch für mehr als nur ein paar Stunden«, entgegnete er und meinte es auch so.

Viviane legte ihre schmale Handtasche in den kleinen Korbsessel neben der Tür, ihm die Hände auf die Schultern und die Wange an seine, durch ihre Vorliebe für hohe Absätze war sie kaum kleiner als er, und sagte leise mit ihrer ohnehin sehr sinnlichen Stimme, von der ein Verehrer – vielleicht war er es sogar selbst gewesen – einmal gesagt hatte, daß allein schon ihr Klang in einem das Verlangen erweckte, ihr zu Füßen zu liegen: »Laß' uns ficken!«

Er nickte nur, einer solchen Aufforderung konnte er nicht widerstehen. Er umarmte sie und drückte sie zärtlichfest an sich. Als er sie in seinen Armen fühlte, ihre Wärme, ihren Herzschlag, ihren herrlichen Frauenkörper, ihren Duft einsog, ihre feuchte weiche Zunge an seiner fühlte, ihren Speichel schmeckte, der sich mit dem seinem vermischte, wurde die ›Schöne Künstlerin‹, was er zuvor beobachtet hatte, fast zu einem Tagtraum, einer Fantasie, oder zu einer Skizze für eine neue Erzählung. Eine schöne interessante Frau aus der Ferne, ihr Bild betrachten, so schön es auch sein mochte, war nichts dagegen, diese auch im Arm zu halten, ihr nahezusein, von ihr begehrt zu werden. Die andere verblaßte in diesem Moment zu einem Schemen.

Viviane verließ ihn erst am nächsten späten Vormittag, gab ihm aber das Versprechen, sobald als möglich wiederzukommen.

5.

Nachdem er ihr nachgesehen, bis ihr Wagen seinen Blicken entschwunden war, ging er ins Haus zurück mit dem Vorsatz, nachdem er das Bett gemacht und etwas aufgeräumt hatte, mit der Arbeit an seiner Erzählung fortzufahren.

Beim Bettenmachen entdeckte er unter dem Kopfkissen auf Vivianes Seite ihren apricot-farbenen seidenen Slip. Er mußte unwillkürlich und angenehm berührt über ihre Eigenart schmunzeln, ihm beim Weggang ihren getragenen Slip zurückzulassen. Er hielt ihn unter die Nase, sog ihren Duft tief ein, der noch sehr intensiv war. Dann schob er ihn sich in die Hosentasche. Wenn ihr Aroma sich nach zwei bis drei Tagen verflüchtigt hatte, würde er ihn gewaschen in die Schublade seiner Kommode legen, bis sie ihn beim nächsten Mal wieder mitnehmen und ihm einen anderen dalassen würde.

Mit einer großen Tasse heißen Tee ging er in sein Arbeitszimmer.

Es war ihm längst zu einer lieben Gewohnheit geworden, zuerst einen Blick zu der ›Schönen Künstlerin‹ hinüberzuwerfen, bevor er mit der Arbeit begann. Er tat es auch diesmal, obwohl seine Gedanken noch gänzlich bei Viviane waren, er noch ihre Wärme, ihren Duft spürte, ihre Lustäußerung im Ohr und einige unübersehbare Spuren ihrer Liebkosungen am Körper hatte, ganz zu schweigen von ihrem kleinen Präsent in seiner Hosentasche.

Sie war im Atelier. Die Kohlezeichnung schien sie ausgearbeitet zu haben, denn er sah sie an eine zweite leichte Staffelei geheftet. Auf der anderen stand jetzt eine Leinwand von etwas mehr als zwei auf über einen Meter. Sie war dabei mit einem Bleistift eine leichte Unterzeichnung aufzubringen, wenige Striche nur, mehr eine Art Aufteilung. Dann mischte sie Farben auf der Palette und begann die Skizze als Bild auszuarbeiten.

Sie arbeitete den ganzen Tag daran bis spät in den Abend hinein. Er kam mit seiner Geschichte ebenfalls weiter. Vivianes Besuch hatte seine Kreativität ebenso gefördert wie der Jüngling die seiner Nachbarin – am besonderen Einfluß die eine Muse besaß, ob männlich oder weiblich, schien etwas zu sein.

Der Stil, in dem sie das Bild malte, war auf den ersten Blick hyperrealistisch. Auf einen eindeutig zuordbaren Hintergrund verzichtete sie, die Farbwahl schien nur dazu gedacht, den Adonis hervorzuheben, ihn im Raum schweben zu lassen, von der Leinwand loszulösen. Und doch idealisierte sie ihn in keiner Weise. Ein Mensch mit allen seinen Schwächen aber auch Stärken wurde von ihr auf die Leinwand gebannt.

Er fragte sich, während er das Entstehen des Bildes beobachtete – sie malte zügig, mit sicherem Pinsel – ob sie eine Frau ebenso darstellen würde oder dargestellt hatte, leider konnte er ja nicht sehen, welche Motive ihre anderen Bilder hatten.

Als er am späten Abend sein Arbeitszimmer verließ, malte sie noch immer an dem Bild.

Am nächsten Tag besuchte sie der Jüngling erneut. Zuerst zeigte sie ihm das Bild, dessen Komposition nahezu fertig war. Er schien damit zufrieden zu sein. Sie erklärte ihm verschiedenes, wies auf bestimmte Bildstellen. Er nickte verstehend. Dann zog er sich aus und stellte sich wieder in die Pose, die er auf dem Bild einnahm. Bevor sie ihre Arbeit aufnahm, legte sie wie zuvor ihr Hauskleid ab.

Als erstes begann sie, seine Muskeln nach dem lebenden Modell herauszuarbeiten. Jeder Pinselstrich hauchte ihm mehr Leben ein. Zwischendurch gab sie ihm immer wieder Gelegenheit, sich zu entspannen, während sie sich nur aufs Bild konzentrierte. Überhaupt schien ihr jetzt nicht mehr so wichtig zu sein, daß er seine Pose exakt einhielt. Hatte sie sein bestes Stück bisher nur mit groben Pinselstrichen angedeutet, begann sie es nun in voller Schönheit mit der gleichen Detailliebe wie alles andere zu malen. Dazu brachte sie ihn eigenhändig – sein Eindruck, daß ihr es Spaß machte, verstärkte sich – mit geschickten, zärtlichen Massagen zur vollen Größe. Sie brachte wirklich jede Ader, jede Hautönung naturgetreu auf die Leinwand. Und da auf dieser Welt nur wenig von Dauer ist, mußte sie in bestimmten Abständen zur bewährten Hilfmaßnahme greifen. Er hatte den Eindruck, daß sie es öfter tat, als es nötig gewesen wäre. Zum Schluß war es, als habe der Betrachter ein überlebendiges Foto vor sich. Zuerst glaubte er, es läge an der noch feuchten Farbe, daß die Eichel auf dem Bild so feucht glänzte, doch ein Vergleich mit der deutlich matteren Hautdarstellung sagte ihm, daß sie dem Realismus mehr als Genüge getan hatte.

Als sie offenbar so weit war, um das Bild ohne seine Mithilfe vollenden zu können, legte sie Pinsel und Palette auf dem kleinen Tisch ab und wischte sich die Hände an einem alten Lappen sauber. Der junge Mann, sichtlich erleichtert, daß diese Sitzung beendet war, ließ er sich auf den Stuhl sinken, immerhin hatte er, trotz kurzer Unterbrechungen durch einige Lockerungsübungen, ihr einige Stunden Modell gestanden.

Sie trat zwei Schritte zurück, betrachtete das Bild aus der Entfernung. Ihrem prüfenden Auge entging kein Detail. Sichtlich zufrieden mit dem aktuellen Stand ging sie zu dem Jüngling, sagte etwas zu ihm und ergriff dessen Hand. Sie führte ihn ins Schlafzimmer.

Er fand auch, daß der Jüngling für seine Geduld – schließlich war Modellstehen harte Arbeit – eine Belohnung verdient hatte. Da er ihnen schon einmal beim Liebesspiel zugesehen hatte, ihm sein eigenes mit Viviane noch sehr gegenwärtig war, und er irgendwann auch an seiner Geschichte weiterschreiben mußte, überließ er sie ihrer Zweisamkeit.

Nachdem der Jüngling am frühen Abend gegangen war, ging die ›Schöne Künstlerin‹ noch ins Atelier und machte Licht. Durch einen nun mehr kurzen Blick durchs Fernglas sah er, wie sie am Bild weiterarbeitete.

Am nächsten Vormittag brachte sie es zur Vollendung. Damit sich beim Trocknen kein Staub darauf ansammelte, warf sie ein Tuch darüber.

Den Nachmittag verbrachte sie am Zeichentisch.

Gegen Mittag rief ihn Viviane an und fragte, ob sie ihn übers Wochenende besuchen dürfe. Ab kommenden Dienstag sei sie für drei Wochen in Südfrankreich, um Material für einen Reiseführer der gehobenen Klasse zu sammeln. Natürlich dürfe sie ihn besuchen, versicherte er ihr, freudig, daß sie ihr Versprechen, ihn bald wieder zu besuchen, so schnell einlösen würde, gewöhnlich vergingen zwischen ihren Besuchen etliche Wochen und bisweilen sogar einige Monate.

Es war zwar nicht so, daß Viviane und er während dieser drei Tage kaum aus dem Schlafzimmer herausgekommen wären, aber es war nicht weit von den tatsächlichen Begebenheiten entfernt. Nicht nur, daß er keine Gelegenheit hatte, sich um die Schöne Künstlerin zu kümmern, er dachte nicht einmal an sie!

6.

Zu Beginn der neuen Woche zeigte sich der Frühling von einer weniger schönen Seite, nämlich einer feuchten. Zudem wurde es kühler. Nur wenige Grade, doch war es nicht angebracht, ohne Jacke das Haus zu verlassen. Die ›Schöne Künstlerin‹ hatte die Atelierfenster die meiste Zeit geschlossen. Auch Schlaf- und Badezimmerfenster öffnete sie nur noch zum Lüften. Da die geschlossenen Fenster ihm lediglich einen begrenzten, schemenhaften Einblick ermöglichten, widmete er sich wieder verstärkt seiner Geschichte.

Doch wollte die Handlung nicht so recht weiterfließen. Nicht selten brütete er mehr als eine Stunde über einem Satz, den er dann anschließend wieder verwarf. Es lag nicht allein daran, daß sich die Handlung allzu schnell entwickelte und dadurch ins Oberflächliche Gefahr lief abzugleiten, sondern er fühlte eine gewisse Einsamkeit in sich. Vielleicht hatte Vivianes starke Persönlichkeit mal wieder einen zu nachhaltigen Eindruck bei ihm hinterlassen. Es wollte ihm nicht recht gelingen, seiner Protagonistin eine unverwechselbare Identität einzuhauchen. Dabei hatte ihm zu Anfang ihre Person plastisch vor Augen gestanden. Doch beim Durchlesen der ersten Seiten stellte er fest, daß sie deutliche Züge seiner Nachbarin hatte und seit Vivianes Besuch sich immer mehr zu deren Zwillingsschwester entwickelte. Beim jungen Mann dagegen war alles klar, gab es keine Unsicherheiten, aber bei ihr ...

Über die Lösung des Problems brütete er fast eine Woche. Eine Woche während der es, mit kurzen sonnigen Abschnitten, fast ausschließlich regnete. Dem Garten jedenfalls bekam der Regen prächtig. Das Grün wucherte bald so üppig, daß es einen mit der feuchten Witterung wieder versöhnte.

Während dieser Woche stand er häufiger am Fenster, blickte gedankenverloren in den Regen hinaus, versuchte seine weibliche Hauptfigur zu fassen, als er am Schreibtisch saß und schrieb. Saß er aber dort, zeichnete er die meiste Zeit unzählige Blätter mit Arabesken voll und bekritzelte nicht weniger Zettel mit Notizen und kam nur schleppend weiter. Wenn es ihm auch nach und nach gelang, die Anteile der ›Schönen Künstlerin‹ an ihr zu eliminieren, erwies sich Vivianes Schatten als hartnäckiger. Dabei überwog zwischen ihnen seit Jahren die Freundschaft, abgesehen von gelegentlichen Vögeleien, wie der vor kurzem, was sich im Jahr auf zwei bis dreimal beschränkte, und mehr als eine Art Ritual zu sehen war. So wie sich beispielsweise zwei ehemalige Kommilitonen, die während des Studiums gemeinsam nicht nur alle Prüfungen und Seminare bestritten hatten, sondern auch noch manch anderes, und darum bestimmte Jahrestage in Erinnerung an jene besonderen Tage auf ihre eigene Weise und mit einer gewissen inneren Pflichterfüllung begingen. Das hieß allerdings nicht, daß es zwischen ihnen ohne jegliche Leidenschaft verlief, das Gegenteil traf eher zu. Wahrscheinlicher fehlte ihm eine kontinuierliche Beziehung zu einer Frau. Auch wenn er gerne behauptete, daß das Singledasein seine angenehmen Seiten besaß, seine Sache war es, im Gegensatz zu Viviane, nicht. Leider war er in den vergangenen Jahren ausschließlich an Frauen geraten, die den Standpunkt vertraten; »*Wenn ich mal einen Liter Milch will, muß ich doch nicht gleich eine ganze Kuh kaufen«*, – und – um bei dieser Metapher zu bleiben – sich zwar gerne bei ihm den Liter Milch abholten, die Kuh dann aber lieber woanders erwarben, wenn sie eine wollten.

Bei der ›Schönen Künstlerin‹ schien der Ideenfluß jedenfalls nicht zu stocken. Immer wenn er einen Blick zu ihr hinüberwarf – als könne sie ihm bei seinem Problem helfen – saß sie konzentriert arbeitend am Zeichentisch, worum er sie im Stillen beneidete.

Gelegentlich, wenn er im Wohnzimmer in der offenen Terrassentür stand und in den Regen hinaus auf das üppig wuchernde Grün sah, erinnerte er sich mit einer gewissen Wehmut an die Zeit, während der er über beinahe vier Jahre mit einer Frau zusammengelebt hatte. Aber da er aus Erfahrung wußte, daß es kontraproduktiv ist, sich im Trübsinn zu verlieren, vergrub er sich lieber in seine Arbeit.

Wenn er bisweilen, den Kopf auf die Hände gestützt, den Blick durchs Fenster nach gegenüber richtete, dem fallenden Regen lauschte – weil es nahezu windstill war, konnte er das Fenster geöffnet lassen – dachte er an Karl Valentin, der es mit seiner Aussage *»Kunst ist schön, macht aber viel Arbeit«* auf den Punkt gebracht hatte.

In dieser Nacht wachte er, plötzlich durch irgend etwas aus dem Schlaf gerissen, auf. Es gelang ihm nicht gleich, sich zu orientieren. Er fühlte sich matt, träge, war aber wach. Der Regen mußte schon länger aufgehört haben und der Himmel nahezu wolkenlos sein. Der hereindringende Mondschein tauchte das Zimmer in ein silbergraues kaltes Licht, das allem etwas Irreales gab. Zudem war es absolut still, selbst für diese ruhige Gegend. Normalerweise hätte er sich auf die andere Seite gelegt und sich wieder dem Schlummer überantwortet, doch aus einem unerfindlichen Grund verspürte er das starke Bedürfnis, aufzustehen. Ohne es bewußt wahrzunehmen, erhob er sich, zog ein T-Shirt über und verließ das Zimmer auf nackten Füßen. Erst als er in dem kleinen Zimmer, das über dem Wohnzimmer lag und als Gästezimmer eingerichtet war, am Fenster stand, wurde ihm bewußt, daß er aufgestanden war. Er dachte kaum weiter darüber nach, sah in den Garten hinunter.

Die Bäume warfen lange fahle Schatten. Das Laub schien erstarrt zu sein. Unmittelbar bei den Bäumen war kaum etwas zu erkennen, war die Helligkeit des Mondes doch nur eine geringe.

Aber dort, wo nichts sein Licht behinderte, waren mehr als nur Schemen zu erkennen. Er wanderte mit dem Blick langsam zu der niedrigen Mauer hinüber, die sein Grundstück von dem der ›Schönen Künstlerin‹ trennte. An einer Stelle war die Mauer so weit eingestürzt, daß bequem von einem Grundstück zum anderen gewechselt werden konnte. Das fiel ihm jetzt das erste Mal auf. Doch blieb sein Blick hier nicht lange hängen, sondern wanderte weiter zum anderen Haus. Die Terrassentür stand offen. Wenig später entdeckte er die ›Schöne Künstlerin‹ ein Stück entfernt, nahe einer großen Kastanie, auf dem Rasen stehen. Ihr kurzes, weißes seidenes Hemdchen, bis auf einen dazu passenden Slip das einzige Kleidungsstück, das sie trug, leuchtete förmlich im hellen Mondlicht und hob sie weit sichtbar von der dunkleren Umgebung ab. Sie stand unbeweglich wie eine Skulptur, das lange dichte Haar, über das das Mondlicht einen gräulichen Schimmer zog und ihre Haut bleich wirken ließ, floß weich über ihre runden Schultern. Von diesem Bild in den Bann gezogen sah er aufmerksam und unbeweglich zu ihr hinüber.

Unvermittelt löste sie sich aus ihrer Starre und begann leichten Schrittes – ihre nackten Füße schienen kaum den Rasen zu berühren – den Körper aufgerichtet, scheinbar ziellos im Garten umherzugehen. Das war nun auch für ihn der Anstoß, sich aus der eigenen Bewegungslosigkeit zu lösen. Er verließ das Zimmer und ging langsam, aber zielsicher nach unten, durchschritt das Wohnzimmer, öffnete die Terrassentür und trat in den Garten hinaus. Nur unterschwellig nahm er das vom nächtlichen Tau feuchte weiche Gras unter den nackten Füßen wahr. Er lenkte die Schritte zur Stelle, die den bequemen Wechsel in den anderen Garten ermöglichte. Kaum hatte er diesen betreten, suchten seine Blicke schon die ›Schöne Künstlerin‹. Obwohl er einige Minuten für die zurückgelegte Strecke gebraucht hatte, hatte sie sich nur wenig von der Stelle bewegt, wo er sie zuletzt gesehen hatte. Sie schien nicht zu bemerken, daß jemand nur wenige Schritte von ihr entfernt stand und sie aufmerksam beobachtete. Sie schritt ziellos zwischen den Bäumen auf dem taufeuchten Rasen umher. Er folgte ihr mit dem gleichen leichtfüßigen Schritt, der mehr an ein leichtes Schweben erinnerte.

Irgendwo schrie weit entfernt und kaum wahrnehmbar eine Eule.

Plötzlich entschwand die ›Schöne Künstlerin‹ seinen Blicken.

Er schaute sich suchend um und entdeckte sie ein ganzes Stück von der Stelle entfernt, an der sie zuletzt war. Sie lehnte mit dem Rücken an einem Baum, blickte starr durch das dichte Laub zum nächtlichen Himmel hinauf. Das Mondlicht reflektierte sich in ihren Augen. Langsam näherte er sich ihr. Sie verharrte in ihrer Haltung. Er kam bis auf wenige Meter an sie heran. Sie blieb unbeweglich. Auch er blieb stehen, betrachtete sie nur. Beobachtete, wie sich ihre Brüste gleichmäßig unter ihren ruhigen Atemzügen, die fast so gleichmäßig wie die einer Schläferin waren, hoben und senkten. Schaute auf die Stelle, wo sich ihre Brustwarzen durch den dünnen Stoff hindurchmodellierten, sah auf ihre muskulösen Schenkel, auf ihre schlanken sensiblen Hände. Ein Grashalm klebte außen an ihrer linken Wade.

Das laute Knallen einer Autotür riß ihn aus dem Schlaf. Die Sonne schien ins Zimmer, warf einen großen hellen Fleck auf dem Boden vor dem Bett. Das Auto fuhr weg. Leicht verwirrt stand er auf, saß einen Augenblick träge auf der Bettkante. Er mußte einen reichlich diffusen Traum gehabt haben. Dann fiel sein Blick auf seine nackten Füße, an denen überdeutlich mittlerweile getrocknete Spuren nassen Grases zu sehen waren.

7.

Mit dem Ende der Regenperiode kam auch das seiner Schreibhemmung. Innerhalb kurzer Zeit hatte er seine Erzählung fast zur Hälfte fertig. Er war oft erstaunt, wie gut es ihm nun von der Hand ging. Dabei sah er an manchen Tagen häufiger und länger zu der ›Schönen Künstlerin‹ hinüber, statt sich auf seine Arbeit zu konzentrieren.

Zum ersten Mal wunderte er sich darüber, daß es ihr offenbar bisher nicht aufgefallen war, vom gegenüberliegenden Haus aus beobachtet zu werden. Zwar tat er es mit dem Fernglas immer noch von seinem Schreibtisch aus und bei zugezogener dünner Gardine. Trotzdem, spätestens wenn nachmittags die Sonne in sein Arbeitszimmer schien, hätte sie ihn bemerken müssen, sobald sie einen Blick zu ihm hinüberwarf, was sie gelegentlich tat. Dann hätte ihm auch die Gardine keinen rechten Blickschutz mehr geboten. Aber es folgte keine Reaktion. Es war, als sehe sie nicht wirklich hinüber, als gäbe es sein Haus für sie nicht. Irgendwie beruhigte es ihn, immer noch unentdeckt zu sein. Er gefiel ihm, an ihrem Leben teilzunehmen, ohne daß sie es wußte. Es war ihm sehr wohl bewußt, daß er das Spiel nicht ewig betreiben konnte. Irgendwann würden sie sich begegnen, vor ihren Häusern, im Ort. Zudem hätte er ihr schon längst einen nachbarschaftlichen Antrittsbesuch machen sollen. Doch hatte er sich noch nicht dazu durchringen können. Irgend etwas hielt ihn davon ab. Sich vor allem damit beruhigend, daß er erst seine Erzählung fertigstellen wollte, denn er fürchtete, eine neue Bekanntschaft könnte den Fluß seiner Arbeit ungewollt unterbrechen, schob er diese Entscheidung vor sich her. Auf ihren morgendlichen Läufen war er ihr trotz des deutlich besseren Wetters nicht mehr gefolgt. Weniger aus Konditionsgründen als aus Angst, entdeckt zu werden.

Bisher war der schöne Jüngling ihr einziger Besuch gewesen. Abgesehen von ein bis zwei Abenden in der Woche, an denen sie spät zurückkam, meist lag er schon im Bett, wenn er ihr Gartentor quietschen hörte, lebte sie zurückgezogen. Darum weckte die junge Frau, die sie an diesem frühen Nachmittag besuchte, doppelt seine Aufmerksamkeit.

Nach einer herzlichen Begrüßung setzten sich beide Frauen auf die Terrasse. Es war zwar ein sonniger, aber kein sonderlich warmer Tag. Nach der Art der Begrüßung und ihrer angeregten Unterhaltung schien es eine gute Freundin zu sein. Fast war es, als hätten sie sich absichtlich so gesetzt, daß er beide und vor allem die junge Frau in Ruhe von seinem Arbeitszimmerfenster aus betrachten konnte. Mechanisch griff er zum Fernglas und sah zu ihnen hinüber.

Er war mehr als nur angenehm überrascht, denn ihr Besuch war eine Frau, die man gerne ansah. Anfang Dreißig vielleicht, mit dichtem rotbraunem Haar, das im Sonnenlicht leicht kupfern schimmerte. Lediglich die vollen Lippen hatte sie mit einem kräftigroten Lippenstift geschminkt und die braunen Augen – vielleicht etwas kräftig – mit Kajalstift betont. Doch so schön und ebenmäßig ihr Gesicht auch war, es besaß nichts Oberflächliches. Es war durchaus das Gesicht einer Frau, die, gemessen an ihren Lebensjahren, ihre Erfahrungen bereits gemacht hatte. Sie war groß und recht kräftig. Eine dunkelblaue Lederhose schmiegte sich wie eine zweite Haut um ihre muskulösen Schenkel. Unter einem ärmellosen, blauen seidenen Oberteil wölbte sich ein auffallend mütterlicher Busen, der es ihr im Stehen wahrscheinlich unmöglich machte, ihre Fußspitzen zu sehen. Die Absätze ihrer blauen Stiefeletten waren sehr hoch. Soweit er es von seinem Platz aus sehen konnte, trug sie keinerlei Schmuck. Ab und an, wenn sie sich eine Strähne aus der Stirn strich, die ein Luftzug dort hingeweht hatte, konnte er auf ihre rechte unberingte Hand sehen und das Spiel ihres Bizeps beobachten.

Je länger er sie betrachtete, desto mehr verstärkte sich bei ihm der Eindruck einer lebensbejahenden Genießerin. Sie schien gerne zu lachen, fast immer mit den Augen, war ein Mensch, mit dem man gerne seine Zeit verbrachte.

Er hatte nicht darauf geachtet, wie lange sie plaudernd auf der Terrasse gesessen hatten, bis sie hineingingen, die ›Schöne Künstlerin‹ voran. Sie wurde von der anderen etwas überragt, obwohl sie alles andere als klein war, was nicht allein an deren hohen Absätzen lag, denn die der ›Schönen Künstlerin‹ waren nur unbedeutend niedriger.

Er war leicht enttäuscht. Gerne hätte er diese große üppige Schönheit noch länger betrachtet. Er hoffte, daß sie ins Atelier gingen und richtete sein Fernglas dorthin. Wenig später sah er, wie sie es betraten.

Sie ließ sich von der ›Schönen Künstlerin‹ keine Skizzen, keine Zeichnungen, keine Bilder zeigen, sondern zog sich aus, während die ›Schöne Künstlerin‹ einen Zeichenblock an die Staffelei klemmte und diverse Zeichenutensilien bereitlegte.

Unter dem ärmellosen Oberteil und der Lederhose war die muskulöse Schöne nackt, nackt im vollen Sinn des Wortes, selbst das Schamhaar hatte sie entfernt.

Er bewunderte diese moderne Venus nun in ihrer ganzen Schönheit.

Sie besaß nichts Kantiges, wie es oft Frauen eigen ist, die intensiven Kraftsport betreiben, obwohl ihr Körperbau kräftig, ihre Taille nicht sonderlich schmal und bei jeder Bewegung das Spiel ihrer Muskeln deutlich zu sehen war, über ihre runden Schultern floß das dichte seidige Haar in sanften Wellen – er hatte unwillkürlich das Bedürfnis, mit den Händen zärtlich hindurchzugleiten – desgleichen ihre Hüften; ihre überdurchschnittliche Größe – sie maß sicherlich einsachtzig – verhinderte jeden Anflug von Kompaktheit und tat sein Übriges dazu, ihre Wohlproportioniertheit zu unterstreichen. Ihre gepflegten Hände waren schlank, fast schon feingliedrig, obwohl ihnen anzusehen war, daß sie es verstand, kraftvoll zuzugreifen, wenn es darauf ankam, die Nägel halblang. Ihre muskulösen Beine verliefen in fast zierliche Fesseln.

Nachdem die ›Schöne Künstlerin‹ ihre Vorbereitungen beendet hatte, zog sie ihr Hauskleid aus und hängte es nachlässig über den gleichen Stuhl, über den die Schöne Amazone ihre wenigen Sachen gehängt hatte.

Sie ließ die andere verschiedene Posen einnehmen, die ihre äußeren Vorzüge bestens zur Geltung brachten, ihre Weiblichkeit betonten.

Während die ›Schöne Künstlerin‹ beim Portraitieren des schönen Jünglings nur wenige Worte mit ihm gewechselt hatte, die offenkundig allesamt Anweisungen gewesen waren, plauderte sie nun angeregt mit der anderen, ohne daß eine von ihnen ihre Konzentration vernachlässigte. Es schien ihm, als bereitete es der ›Schönen Künstlerin‹ mehr Freude eine Frau zu portraitieren als einen Mann. Der üppigen Schönen machte es sichtlich Spaß, Modell zu stehen. Sie war unübersehbar in ihren üppigen durchtrainierten Körper verliebt, doch nicht allein auf selbstverliebte Art. Sie versteckte die leidenschaftliche Exhibitionistin nicht. Sie stand eindeutig Modell aus Passion.

Wieder bannte seine Nachbarin alles mit schnellen sicheren Strichen aufs Papier. Auch diesmal machte sie zuerst ein Dutzend Skizzen. Dabei drängte sich ihm der Eindruck auf, daß die ›Schöne Künstlerin‹ die andere mit den Augen einer Liebhaberin sah.

Im Gegensatz zum schönen Jüngling zeigte sie der schönen Üppigen anschließend die Skizzen und besprach sie mit ihr. Manchmal nickte diese zustimmend, aber widersprach auch. Schließlich einigten sie sich und sie nahm eine andere Pose ein, die ihren üppigen durchtrainierten Körper bestens zur Geltung brachte. Sie verschränkte die Arme spielerisch im Nacken, verlagerte das Gewicht leicht auf das rechte Bein, so daß ihr Körper ein schwaches S beschrieb. Sie wirkte wie eine selbstbewußte Frau, die sich ihrer Qualitäten, ihrer erotischen Ausstrahlung mehr als nur bewußt ist, die zu genießen weiß und der auch zugetraut wird, sich zu holen, was ihr in dieser Richtung zusteht. Kurz, eine Venus des einundzwanzigsten Jahrhunderts.

Die ›Schöne Künstlerin‹ klemmte nun ein großes Blatt Zeichenpapier auf das Brett und begann, diese Pose mit der Zeichenkohle festzuhalten. Es schien, als sollte es das Pendant zum Portrait des Jünglings werden. Doch während das des Jünglings Weichheit und Verletzlichkeit zeigte, strahlte dieses vor allem weibliche Stärke und Selbstbewußtsein aus, trotz oder vielleicht gerade wegen ihrer üppigeren weiblichen Rundungen.

Die ›Schöne Künstlerin‹ ließ sich mit der Studie für das Bild Zeit. Sie hatte ihm zwar den Rücken zugewandt, aber in den Blicken der anderen konnte er sehen, daß sie sie beim Zeichnen mit den Augen fast schon verschlingen mußte.

Kaum hatte sie die Zeichnung fertig – die seines Erachtens die Person der schönen Sportlerin ausgezeichnet getroffen hatte – trat sie, die Zeichenkohle in der Hand haltend, einen Schritt zurück und bat sie zu sich. Sie sagte etwas zu der muskulösen Schönen, die mit kraftvollen und doch leichtfüßigen Schritten hinter sie trat, ihr unübersehbar zärtlich die Hände auf die Schultern legte und sich leicht an sie schmiegte. An der Haltung der ›Schönen Künstlerin‹ sah er, daß ihr die unmittelbare Nähe der anderen mehr als angenehm war. Sie betrachteten die Zeichnung, besprachen sie ausführlich.

Die ›Schöne Künstlerin‹ legte die Zeichenkohle, die sie die ganze Zeit über in der Hand behalten hatte, beiseite und drehte sich zu der schönen Üppigen um, legte ihr die Hände auf die Taille. Nach einem kurzen Blickwechsel küßten sie sich lange und intensiv. In leidenschaftlich zärtlicher Umarmung versunken, standen sie eine geraume Weile da, ehe sie sich ins Schlafzimmer der ›Schönen Künstlerin‹ zurückzogen, wo sie sich auf blauen Seidenlaken liebten, sich gegenseitig am ganzen Körper mit Händen, Lippen und Zunge liebkosten. Durch ihre tief empfundene Lust erschienen ihm beide Frauen noch schöner. Es war ihm klar, daß er Zeuge einer nicht nur aus der Laune des Augenblicks geborenen Liebelei war.

Sie liebten sich lange, ausgiebig, jede Minute, jede Berührung intensiv genießend, bezogen den Spiegel als imaginären Zuschauer mit ein.

Später lag die ›Schöne Künstlerin‹ auf dem Rücken, die schöne Üppige seitlich, den Kopf auf den Arm aufgestützt, betrachtete und streichelte die Geliebte zärtlich, während sie miteinander sprachen. Die schöne Üppige blieb über Nacht.

Er mußte zugeben, daß Saskia gar nicht so unrecht mit ihrem

›Vorwurf‹ hatte; es gefiel ihm durchaus, zwei Frauen beim Sex zuzusehen. Aber es war auch ein eindeutig ästhetischer Anblick. Mochte es an den weich fließenden Formen weiblicher Körper liegen, daran, daß eine Frau weiß, wie es der anderen am besten gefällt, an den vielleicht noch immer unterschwellig vorhandenen ›sündigen‹ Reiz gleichgeschlechtlicher Liebe – was immer es auch war; er konnte sich diesem Reiz nicht entziehen.

Diese Szene hatte, anders als die mit dem Schönen Jüngling, seine Schaffenskraft beflügelt. Fast ohne Pause schrieb er an diesem Nachmittag bis spät in den Abend hinein nahezu ein ganzes Kapitel. Zwischendurch warf er hin und wieder einen Blick zur Villa hinüber. Bald brannte dort nur noch im Schlafzimmer Licht. Beide hatten es sich wieder auf dem Bett bequem gemacht, plauderten angeregt – und mehr noch.

Früh am Morgen plagte ihn ein dringendes Bedürfnis. Es war nur wenig nach der Morgendämmerung, aber fast schon taghell. Im Osten zeigte sich ein schmales rotes Band am Horizont. Die Vögel gaben bereits ihr morgendliches Konzert. Als er der Natur großzügig Tribut gezollt hatte, reizte es ihn, einen Blick ins Schlafzimmer der ›Schönen Künstlerin‹ zu werfen. Trotz des eher mäßig warmen vergangenen Tages war die Nacht so mild gewesen, daß man das Fenster bedenkenlos konnte offenstehen lassen, was sie auch gleich ihm getan hatte.

Zuerst erkannte er gegenüber im morgendlichen Dämmerlicht nicht viel. Doch nachdem sich seine Augen an das Halbdunkel gewöhnt hatten, bot sich ihm das Bild eines liebenden Paars, das in zärtlicher Umarmung friedlich schlummerte.

Dieses Bild entlockte ihm einen leicht sehnsüchtigen Seufzer, denn er dachte an sein eigenes einsames Bett, in das er sich gleich wieder legen würde, dachte unwillkürlich an Viviane, die dort zuletzt mit ihm gelegen hatte. So schön Sex auch sein mochte, bisweilen war es schöner, die Frau, die man mochte, neben sich liegen zu haben und mit ihr zu kuscheln. Mit der tröstlichen Erkenntnis, daß kein Zustand – auch ein unbefriedigender nicht – auf dieser Welt von Dauer ist, ging er wieder zu Bett und schlief sogleich ein. Die Müdigkeit hatte über die Sehnsucht den Sieg davongetragen.

8.

Die schöne Üppige besuchte die ›Schöne Künstlerin‹ während der nächsten Tage häufiger, um Modell für das Bild zu stehen, das tatsächlich ein Pendant zu dem des Jünglings wurde. In ihrer Eigenschaft als Liebhaberin blieb sie dann über Nacht. Sie trug stets hautenge Lederhosen, hochhackige Stiefel und Oberteile, die ihren üppigen Busen betonten. Weil letztlich alles zur Gewohnheit werden kann, auch der Anblick schöner, sich liebender Frauen, warf er bald nur noch sporadisch einen Blick hinüber.

Wenn er meist wie in Klausur lebte, so waren seine Tage doch nicht nur mit Einsamkeit und Schreiben angefüllt. Etwa alle zwei Wochen kam sein Verleger nachmittags auf einen Sprung vorbei, wie dieser es bezeichnete. In Wahrheit ging er nie vor Mitternacht. Aber es waren anregende Gespräche, die beide genossen. Ebenso ließ sich sein alter Freund Marius, den er buchstäblich aus gemeinsamen Kindergartenzeiten kannte, regelmäßig sehen. Zurzeit war Marius frisch verliebt. Er brachte gelegentlich seine neue Liebe, einen jungen Journalisten, den er sehr sympathisch fand, mit. Nicht daß Marius häufig seine Liebhaber wechselte, dennoch hielten seine Beziehungen durchschnittlich kaum mehr als zwei Jahre. Das lag weniger an vermeintlicher Unstetigkeit, sondern daran, daß Marius das Talent besaß, immer an Männer zu geraten, die nur für bestimmte Zeit in der Stadt weilten und bald aus beruflichen Gründen irgendwohin in die tiefe nord-, süd- oder ostdeutsche Provinz oder sonst wo in Europa ziehen mußten. Und nichts kann eine Beziehung so schnell erlahmen lassen, wie einige hundert Kilometer Trennung, abgesehen von Bildungs- und Interessenunterschieden. Marius war dagegen beruflich fest an die Stadt gebunden. Doch unabhängig davon hätte ihn nichts dazu bewegen können, seine geliebte Vaterstadt zu verlassen, selbst ein so attraktiver junger Mann wie der jetzige nicht. Vielleicht hatte Marius diesmal mehr Glück.

Marius und sein Freund, die ihn am Abend zuvor besucht hatten, waren erst in den frühen Morgenstunden gegangen. Als er sie zum Wagen begleitet hatte, zeigte sich im Osten bereits ein heller Streifen am Horizont.

Unsinnigerweise war er zur selben Zeit wie gewöhnlich aufgestanden. Doch schon bald forderte die durchwachte Nacht ihren Tribut. Herzhaft gähnend hatte er dem Schlafdrang nachgegeben und sich aufs Sofa im Arbeitszimmer gelegt. Er war kaum in einen wohligen Halbschlummer hinübergeglitten, als es klingelte. Schlaftrunken glaubte er zuerst, daß es das Telefon sei, obwohl es einen anderen Klingelton hatte. Ein zweites, diesmal länger andauerndes Läuten belehrte ihn eines besseren. Träge und verschlafen stand er auf und ging nach unten.

»Ich dachte schon, du wärst nicht da.«

»Lydia«, rief er erstaunt aus, als sähe er einen Geist, und war sofort hellwach.

»Danke. Begrüßt man so seine alte Freundin?« meinte sie trocken und trat an ihm vorbei ins Haus.

Anscheinend gelang es ihm, seit er hier wohnte nicht, seine Besucherinnen adäquat und zu deren Zufriedenheit zu empfangen. Etwas schuldbewußt schloß er die Tür hinter ihr.

Lydia bei sich zu sehen, war eine Überraschung und bedeutete letztlich nur eines; selten suchte sie ihn aus einem anderen Grund auf, zumindest wenn sie nicht vorher anrief. Manchmal sah er sie wochen-, ja fast monatelang nicht, immer wenn sie gerade in einer glücklichen Beziehung war, oder es glaubte zu sein – meistens traf letzteres zu. Lydia verliebte sich fast so schnell wie Marius, nur häufiger. Allerdings waren Marius' Liebhaber treuer. Während Marius jede Trennung halbwegs mit Würde bewältigte – er kam zu ihm und klagte ihm einen ganzen Tag lang sein Leid, aber dann war die Sache auch durchgestanden – löste Lydia ihren Liebeskummer stets in drei Phasen auf; zuerst kompensierte sie die Trennung oral; sie plünderte den Kühlschrank, kaufte anschließend den halben örtlichen Supermarkt leer. Weil das naturgemäß nicht ohne Folgen bleiben konnte, intensivierte sie ihr regelmäßiges Fitneßprogramm, das sie während ihrer Beziehungen nur sporadisch betrieb – klugerweise war sie vor über zehn Jahren Mitinhaberin eines Fitneß-Studios geworden und längst ihre beste Kundin, nur so schaffte sie es, ihr Gewicht trotz dieser Eß-kapaden zu halten, denn sie war alles andere als eine schlanke Elfe, dafür eine bildhübsche, große muskulöse Üppige, rund einsachtzig messend, an der kein Gramm zu viel und keine Rundung an der falschen Stelle war, auf deren straffen, wenn auch leicht gewölbten Bauch und festen Po manche Gertenschlanke durchaus neidisch werden konnte. Nur ihre üppigen Brüste waren etwas schwer. Hatte sie ihren Körper und vor allem ihre Seele wieder einigermaßen in Form gebracht, suchte sie in der dritten und letzten Phase bei ihm Trost und Aufmunterung. Das selbstredend mit der gleichen Intensität, mit der sie die beiden ersten Phasen bewältigte. Ihre entspannte Mimik, ihre Fröhlichkeit und daß sie mal wieder wirkte, als sei sie gerade von der Titelseite eines Hochglanzmodemagazins für Mollige entstiegen, waren untrügliche Zeichen für den Beginn jener dritten Phase.

Während sie den Weg in sein Wohnzimmer alleine fand, folgte er ihr gemächlich, war er doch noch nicht wirklich wach. Ihre blaue Lederhose lag wie eine zweite Haut an ihr, betonte ihre muskulösen Beine mit den schmalen Fesseln und das wunderschöne, runde feste Gesäß. Das fast taillenlange braune dichte Haar, durch das er gerne mit den Fingern glitt, fiel weich über ihre runden Schultern, direktes Sonnenlicht überzog es stets mit einem kupfernen Schimmer. Wie üblich duftete es wie die Fülle des Frühlings draußen. Auf den hohen Absätzen ihrer Overknees aus blaugrauem Veloursleder, die sie noch größer erscheinen ließen, schritt sie sicher dahin.

In ihrer Gegenwart vergaß er, daß er ihr zwischendurch gerne grollte, weil sie sich nur selten und vor allem lediglich unter dem obengenannten Anlaß bei ihm blicken ließ.

»Schön hast du es hier«, meinte sie nach einem kurzen Rundblick.

Sie zog die kurze taillierte Lederjacke aus, unter der sie ein ärmelloses hellseidenes ärmelloses Oberteil trug, durch das sich ihre Brustwarzen sanft hindurchmodellierten – sie verzichtete bisweilen auf einen BH, vor allem während der dritten Phase – und legte sie nachlässig über die Sessellehne. Sein Blick fiel nicht sogleich auf ihren mütterlichen Busen, der es ihr unmöglich machte, im Stehen ihre Fußspitzen zu sehen, sondern auf ihre muskulösen Arme, die ein beredtes Zeugnis davon abgaben, daß sie Phase Zwei diesmal besonders intensiv betrieben hatte, was auf eine gleichfalls intensive erste Phase hindeutete, den möglichen Verlauf der dritten ließ er erst einmal außer Acht. Er wußte nicht, mit wem sie zusammengewesen war, aber es muß eine andere Qualität als sonst gehabt haben.

Er konnte nicht umhin, zum ungezählten Male festzustellen, daß sie eine der schönsten Frauen war, die er kannte – Saskia und Viviane und Maria und einige andere, ihm auf die eine oder andere

Weise nahestehende Frauen mochten es ihm verzeihen – trotz oder vielleicht gerade wegen ihrer ausgeprägt weiblichen Rundungen.

»Ich bin auch sehr zufrieden«, meinte er und sah ihr zu, wie sie zum Fenster ging und kurz hinausschaute.

Seinem Tonfall nach konnte es sich gleichermaßen auf das Haus wie auf ihre Anwesenheit beziehen.

»Dein Garten ist ein richtiger kleiner Park. Also hat Marius doch nicht übertrieben«, sagte sie mehr zu sich selbst.

Sie drehte sich um und kam auf ihn zu. Sie umarmte und küßte ihn, wegen ihrer hohen Absätze mußte sie sich leicht zu ihm hinunterbeugen, obwohl er eigentlich etwas größer als sie war, was ihm aber keinesfalls mißfiel.

Er hatte den üblichen leidenschaftlichen Kuß erwartet, als hätte sie monatelang auf ein erotisches Zungenspiel warten müssen, doch wurde es ein fast freundschaftlicher Kuß. Das konnte nur bedeuten, daß sie nicht wie üblich bloß für eine Aussprache und anschließend etwas Zärtlichkeit gekommen war. Er war gespannt. Sie ließ ihn auch nicht lange im unklaren.

»Kann ich ein paar Tage bei dir bleiben?« fragte sie ungewohnt zurückhaltend. »Na ja, ich war so unklug vorübergehend zu Florian, diesem Ekel«, ihr Tonfall an dieser Stelle drängten ihm Assoziationen zu Mordgelüsten auf, »zu ziehen und meine Wohnung derweil einer Freundin zu überlassen. Solange bis sie etwas Neues hat, bin ich ohne Wohnung. Es ist auch nicht für lange. Für eine, höchstens aber zwei Wochen«, beeilte sie sich zu versichern und lächelte etwas verlegen.

Er fragte sie nicht, warum sie ihre Wohnung nicht mit dieser Freundin teilen konnte oder auch wollte, wahrscheinlich war jene nicht allein dort. Wollte sie darüber sprechen, würde sie es schon früh genug tun. Unabhängig davon hatte er absolut nichts dagegen einzuwenden, blieb sie eine Zeitlang bei ihm. Wie lange war sie schon nicht mehr länger als ein oder zwei Nächte bei ihm geblieben?

»Von mir aus kannst du auch ein halbes Jahr bleiben. Du weißt, daß du mir immer willkommen bist«, sagte er eine Spur zu begeistert, wie er fand, umarmte sie und drückte sie mit fast schon übertriebener zärtlicher Leidenschaft an sich.

Auch wenn es tiefen Egoismus ausdrückte, er war froh, daß ihre Beziehungen selten länger als ein paar Monate hielten und sie anschließend stets bei ihm Trost und Aufmunterung suchte.

»Du bist lieb«, sagte sie, ließ sich seine zärtlich feste Umarmung gefallen und küßte ihn nun mit der ihr eigenen Leidenschaft, mit der sie letztlich alles tat.

Während sie sich mit einem Papiertuch die Spuren der soeben auf der Couch genossenen Lust entfernte – wie bereits erwähnt, war sie stark oralorientiert – und ihr Make-up auffrischte, genauer gesagt ihren Lippenstift erneuerte, ansonsten benutzte sie nur noch einen Kajalstift, mit dem sie ihre tiefbraunen Augen betonte, holte er, sichtlich mit sich und der Welt zufrieden, ihr Gepäck aus dem Wagen, das eher für zwei Monate denn für zwei Wochen kalkuliert war, wenn sie nicht gar ihren ganzen Hausstand mit sich führte.

»Wo bringst du mich unter?« fragte sie, während sie im Türrahmen des Wohnzimmers stehend ihr Oberteil in den Hosenbund schob.

Den kleinen roten Fleck unterhalb ihrer rechten Schulter würde sie mit einem Papiertaschentuch nicht so leicht wegbekommen, aber er hatte diese Frau wirklich zum Fressen gern.

»Wohin wohl schon? In mein Schlafzimmer selbstverständlich.«

»Hast du kein Gästezimmer?« Es war eine reine Anstandsfrage und nach der vergangenen halben Stunde auf seiner Couch auch eine reichlich überflüssige.

Aber so war sie nun einmal, sie drängte sich ungern auf, konnte vor allem schlecht Nein sagen, was ihre Männer in einem atemberaubenden Tempo erkannten und in der Regel noch schneller ausnutzten. Erkannte sie es, war es meist schon zu spät für eine gütige Trennung. Dabei war sie in der Redaktion als reißende Tigerin gefürchtet, wenn es darum ging, eine Sache, an die sie glaubte, durchzusetzen.

»Doch, habe ich. Aber was willst du dort? Wir wissen beide, daß du es ohnehin nicht benutzen wirst. Außerdem fürchte ich mich allein im Dunkeln«, fügte er scherzhaft hinzu.

Es war seine Art zu zeigen, wie überflüssig er ihre Frage fand.

Er ging mit einem großen Koffer und einer Reisetasche, die Hanteln zu enthalten schien, nach oben.

Sie nahm die anderen beiden Reisetaschen und das Beauty-Case, die er im Flur abgestellt hatte und folgte ihm.

»Dein Arsch ist immer noch so herrlich knackig«, meinte sie fröhlich, als sie hinter ihm die Treppe hinaufstieg. »Das macht mich richtig scharf.«

»Man dankt«, erwiderte er trocken. Derart direkte Komplimente würden ihm immer etwas unangenehm bleiben, obwohl er längst nicht mehr sagen konnte, wie oft und von wie vielen Frauen er sie schon vernommen hatte. In seinem Schlafzimmer angekommen, stellte er den Koffer und die Reisetasche vor dem Bett ab. Dann öffnete er die letzte Tür des Kleiderschranks, die zwei älteren Jacken, die dort hingen, nahm er heraus und brachte sie im Fach nebenan unter.

»So, hier kannst du deine Sachen einräumen, und den Rest in die obere Kommodenschublade.«

Sie zog besagte Schublade auf und holte Vivianes Höschen heraus.

»Viviane hat dich also auch mal wieder besucht«, meinte sie schmunzelnd, während sie das Höschen hochhielt. Sie roch kurz daran. »Muß aber schon etwas her sein. Das riecht nur noch nach Schublade.«

»Gut beobachtet«, meinte er lachend und auch ein bißchen verlegen.

Zwar mochte er es, wenn Viviane ihm diese kleinen ›Präsente‹ daließ, aber vor anderen, besonders vor einer anderen Frau, war es ihm doch etwas peinlich.

»Sie ist die einzige Frau, die ich kenne, die dir das Höschen überläßt, in dem sie feucht geworden ist«, meinte Lydia salopp, zog die Schublade darunter auf und legte es zu seinen Unterhosen. »Hier ist es besser aufgehoben«, meinte sie fast schon teilnahmsvoll und begann auszupacken.

»Wenn etwas ist, rufe mich. Ich mache uns einen Tee und eine Kleinigkeit zu essen«, sagte er und ging nach unten.

Mit Lydia kam eine angenehme Abwechslung in sein Heim. Auch während der drei Tage in der Woche, die sie tagsüber in der Redaktion war, war doch stets etwas von ihr im Haus. Dort, wo sie war, erfüllte sie alles mit Leben. Zudem profitierte er von ihrem Hang zum Exhibitionismus, in den aber auch ein gesundes Maß von Eigenliebe mit hineinspielte – er kannte keine Frau, die so mit sich und mit ihrem Körper in Einklang war – was sich vor allem in ihrer Vorliebe für figurbetonte Kleidung zeigte. Hautenge Lederhosen trug sie ebenso gerne wie enge Röcke, tiefe Dekolletés, hauchzarte Strümpfe und hochhackige Schuhe. Sie war Strumpfliebhaberin. Er kannte keine Frau, die sie mit einer Selbstvergessenheit anzog wie sie.

Oft machte sie, während er schrieb, es sich auf dem Sofa in seinem Arbeitszimmer bequem, nur mit einem leichten Négligé bekleidet, die langen, selbstverständlich bestrumpften Beine mit hochhackigen Riemchensandaletten an den Füßen, leicht angewinkelt, das lange Haar weich über die runden Schultern fließend, seitlich liegend und in einem Buch lesend. Ein Bild voller Sinnlichkeit und Schönheit, das in ihm nicht unbedingt nur Begehrlichkeit weckte, sondern vor allem ein überaus ästhetischer Anblick war. So hatte er sich immer seine persönliche Muse vorgestellt. Und wirklich ging ihm das Schreiben in ihrer Gegenwart leicht von der Hand.

Noch mehr genoß er es, an der Seite dieser so klugen wie schönen und sehr liebenswerten Frau einzuschlafen und vor allem aufzuwachen. Mußte sie morgens nicht in die Redaktion, blieben sie eine Zeitlang gemütlich aneinandergekuschelt liegen, plauderten oder lauschten auf die hereindringenden Naturgeräusche, beobachteten das Spiel der Gardine im hereinströmenden Luftzug, sahen wie der Lichtfleck, den die Morgensonne ins Zimmer warf, langsam über den Boden von der gegenüberliegenden Wand bis zum Fenster wanderte. Arbeitete er nicht an seiner Erzählung, widmete er sich ganz ihr. Die Rollen von Muse und Künstler zwischen ihnen hätte für ihn auch ruhig vertauscht sein können. Was er auch an ihr mochte und noch mehr bewunderte, waren ihre fantasievollen erotischen Ideen. Es wurde nie langweilig mit ihr. Verständlich, daß sie sich bisweilen bis zur wirklichen Erschöpfung liebten, so daß beide kaum noch die Kraft aufbrachten, auch nur das kleinste Glied zu bewegen.

Nahm er alles zusammen, fiel es ihm schwer zu verstehen, warum sie mit ihren Männern nicht klar kam, oder besser, warum diese nicht mit ihr. Oder war es gerade, weil sie so viel Fantasie und Eigeninitiative entwickelte? Weil sie so eine starke Persönlichkeit und überdurchschnittlich intelligent und gebildet war? Weil sie zu allem Überfluß auch noch die Inkarnation eines feuchten Traumes unzähliger Männer verkörperte? Er dagegen hatte bei ihr nie das Gefühl, daß sie ihm nicht nur im erotischen Bereich das Heft aus der Hand nahm. Aber wurden die meisten Männer nicht von Angst und Hilflosigkeit befallen, wenn sie den Eindruck hatten, daß dies geschah? Es lag sicherlich nicht allein daran, daß sie mit ihrer Aktivität die Initiative beanspruchte, sondern viel mehr daran, daß sie sich zugleich weit öffnete, ihr

Innerstes zeigte, ihre ›Schwächen‹ – insofern man es als Schwäche bezeichnen will, wenn ein Mensch zu seinen Gefühlen, seinen Wünschen steht – was vielen Männern, und nicht nur denen, mindestens suspekt ist. Allerdings konnte er sich eine Beziehung auch nur zu intelligenten und selbstbewußten Frauen vorstellen.

Die ersten Sommertage waren wechselhaft, das Wetter aber insgesamt, trotz des Regens, ganz passabel, manchmal sogar wirklich schön. Sie gingen oft am Nachmittag oder am frühen Abend spazieren. Seinen besonderen Reiz hatte dies für sie kurz, nachdem der Regen aufgehört hatte und die aufsteigende Feuchte mit dem süßlich herben Aroma der Pflanzen, einem intensiven Aphrodisiakum, getränkt war. Sie schlenderten den befestigten Feldweg entlang, verliebt umschlungen. An einer Weggabelung wuchsen drei uralte Linden, neben einem steinernen Wegkreuz, dem Stifterdatum nach vor fast einhundertundfünfzig Jahren aufgestellt, und einer Bank davor, die allerdings deutlich jüngeren Datums war. Da die Bank nach Westen blickte, konnten sie von ihr aus den Sonnenuntergang über dem fernen Wald genießen. Hier ließen sie sich gerne in zärtlicher Umarmung nieder. Nur selten kamen andere Spaziergänger vorbei.

Gerne sah er ihr zu, wie sie sich anzog. Während sie ihre Dessous – war sie bei ihm, beschränkte sie sich auf einen knappen seidenen Slip – eher schnell anzog, pflegte sie aus dem Anziehen ihrer zarten meist teuren Strümpfe stets ein kleines Ritual zu machen. Vorsichtig rollte sie den Strumpf zusammen, bevor sie ihn über die schlanken Füße mit den immer frisch rot lackierten kurzen Nägeln zog, ihn langsam an den Beinen hinaufstreifte, sorgfältig an den Haltern befestigte und anschließend ihn mehrmals glatt strich, bis wirklich keine Falte mehr zu sehen war, das Bein lang ausstreckte, intensiv prüfte, ob sie nicht doch noch eine Falte übersehen hatte. Hatte sie einen Zuschauer, betrieb sie es noch genüßlicher. Wenn sie dann, nachdem sie einen engen knielangen Rock angezogen hatte, in hochhackige Riemchensandaletten schlüpfte und den Verschluß um ihre schmalen Fesseln schloß – sie mußte immer zwei Löcher hinzufügen – und sich selbst deutlich länger als notwendig im Spiegel begutachtete, wünschte er sich nicht nur deswegen eine dauerhafte Beziehung mit ihr. Doch leider war sie bisher allen seinen Versuchen nach einer Aussprache in dieser Richtung charmant aber bestimmt ausgewichen.

Aber er gab die Hoffnung nicht auf, daß sie irgendwann erkannte, mit wem sie wirklich eine glückliche Beziehung haben könnte.

Gerne auch ließ sie sich von ihm das Haar bürsten.

Es dämmerte bereits. Er saß noch in seinem Arbeitszimmer. Lydia war noch nicht zurück. Sie hatte zwar gesagt, daß es später werden würde und er nicht mit dem Essen auf sie warten solle, da es ein berufliches Essen war – sie sagte nicht geschäftlich, sondern beruflich, eine Journalistin konnte ihrer Meinung nach kein geschäftliches Essen haben. Dennoch konnte er sich nicht mehr so recht auf seine Arbeit konzentrieren. Er hatte noch kein Licht eingeschaltet und es war dunkel im Zimmer. Einzig das Display seines Notebooks erhellte den Raum mit einem eigentümlich fluoreszierenden Licht, das zwar alle Gegenstände einigermaßen erkennen ließ, aber dem ganzen ein fast gespenstisches Aussehen gab. Ein leichter Nachtwind wehte, ließ das Laub der Bäume rascheln, blähte die Gardine gelegentlich auf, irgendwo schrie ein Vogel schlaftrunken auf.

»Warum sitzt du im Dunkeln«, riß ihn plötzlich Lydias leise sanfte Stimme hinter sich aus den Gedanken. Trotz ihrer hohen Absätze gelang er ihr, lautlos zu gehen. Kurz darauf spürte er, wie sie ihn von hinten umarmte, ihre Wange an seine legte. »Entschuldige, daß es später geworden ist.«

Ihr warmer Atem duftete leicht nach Knoblauch und Wein. Sie rieb die Wange kurz an seiner, ihr Haar kitzelte etwas auf seiner Haut, dann griff sie nach dem Schalter seiner Schreibtischlampe.

Das aufflammende helle Licht blendete ihn. Er mußte blinzeln. Die Schreibtischlampe bildete eine Insel hellen Lichtes im ansonsten dunklen Raum, alles außerhalb dieses Lichtkreises verlor sich langsam im scheinbar endlosen Dunkel. Die Welt hinter dem Fenster, in dem sich lediglich das Licht der Schreibtischlampe spiegelte, schien weit weg zu sein.

Sie fuhr eigenmächtig das Notebook herunter, wogegen er nicht protestierte.

Dann stellte sie sich leicht breitbeinig auf die schmale Stelle zwischen dem Schreibtisch und dem Fenster. Sie lächelte ihn zärtlich sanft an, blickte ihm intensiv in die Augen. Ihr Gesicht befand sich fast schon außerhalb des eigentlichen Lichtkegels im Halbschatten. Sie ergriff den Saum ihres hellen, engen, aber fast schon züchtig dekolletierten Seidenkleides und schob ihn langsam hoch, was seinen Blick, wie von ihr beabsichtigt, auf sie zog. Zuerst erschienen die

Säume ihrer zarten weißen Nahtstrümpfe, dann der erste Streifen heller fester weicher warmer Haut über Muskeln und die Klipps ihres weißen Strumpfhalters. Immer mehr nackte Haut präsentierte sie seinem Blick. Dann erblickte er die haarlose, etwas dunklere Haut um ihre Vulva, die leicht vorwitzig hervorschauenden dunklen inneren Schamlippen, die feucht schimmerten. Er schmunzelte. Sie hatte also ihr seidenes Höschen ausgezogen, bevor sie zu ihm ins Zimmer gekommen war, oder schon vor der Rückfahrt. Für kurz versuchte er sich vorzustellen, wie sie das Essen so bestritten hatte. Das war zwar eine schöne Fantasie, aber bei einem beruflichen Essen hätte sie es nie getan, lediglich bei einem privaten tat sie es – wenn ihr danach war. Bei ihm allerdings immer. Sie schob den Saum des Kleides fast bis zum Nabel hoch.

Sie gab ihm ausreichend Gelegenheit, den Liebreiz ihrer Vulva zu betrachten. Wußte sie doch, daß er die Schönheit dieses weiblichen Kleinodes zu würdigen wußte und nicht wie andere Männer darin nur einen Ort sah, wo man(n) vorübergehend ein bestimmtes eigenes Körperteil unterbringt.

Nach einer Weile ließ sie den Saum des Kleides genauso langsam wieder sinken. Dann kam sie um den Schreibtisch herum. Er schob den Stuhl etwas zurück, so daß sie sich bequem auf seinen Schoß setzen konnte. Gekonnt verführte sie ihn. Nach einem zärtlichen langem Vorspiel liebten sie sich ausgiebig auf dem Schreibtisch, wobei sie bekleidet blieb. Sie blieb gerne beim Sex angezogen.

Am frühen Morgen erwachte er, ohne jedoch sogleich wieder einschlafen zu können. Er warf einen Blick neben sich. Lydia schlief tief und fest, halb auf der Seite, die Beine leicht angewinkelt, den rechten Arm auf seiner nackten Brust. Sie war das einzige, was in diesem Moment für ihn real war, abgesehen von diesem Zimmer. Ansonsten verlor sich alles im Nebel von Imaginationen. Er befand sich in einer merkwürdigen, beinahe elysischen Stimmung.

Draußen war es noch still. Es war der Augenblick vor der eigentlichen Morgendämmerung. Jeden Augenblick konnten die ersten Vögel mit ihrem Konzert beginnen. Zu keinem Zeitpunkt des Tages war es so still wie jetzt.

Lydia grunzte leicht im Schlaf, streckte das rechte Bein aus, als setze sie zu einem kräftigen Tritt an, den sie irgend jemanden versetzen wollte. Dann lag sie wieder still.

Es dämmerte langsam im Osten. Tiefblaues fahles Licht drang bereits ins Schlafzimmer, das schon mehr als nur Konturen erkennen ließ. Lydia schnurrte wie eine zufriedene Katze. Ihre Haare bedeckten einen Teil ihres Gesichts, das auch ungeschminkt nichts von seiner Schönheit verlor. Eine Strähne hatte sie im Mundwinkel und wie üblich hatte sie die Decke von den Unterschenkeln gestreift.

Dieser nur wenige Minuten dauernde Moment der absoluten Stille vor der Dämmerung, des tiefen Atemholens, um den neu anbrechenden Tag würdig zu begrüßen, war nun vorbei. Die ersten Vogelstimmen erschollen, vereinzelt noch, doch bald gesellten sich weitere Sänger hinzu. Mit ihnen verschwand auch sein Gefühl von einem Nebel der Imagination umfangen zu sein.

Durch das leicht geöffnete Fenster drang ein leichter Luftzug und blähte kurz die Gardine auf.

Da er so schnell nicht wieder einschlafen würde und die schöne Schläferin neben sich nicht mit seinem Wachsein stören wollte, nahm er vorsichtig ihren Arm von sich und stand so behutsam auf, als befürchtete er schlimmste Folgen durch eine unachtsame Bewegung. Lydia, die einen tiefen Schlaf hatte, schnaufte lediglich kurz – was mochte sie wohl träumen? – und er verließ das Schlafzimmer auf leisen Sohlen.

Nach einem kurzen Abstecher ins Bad, ging er hinunter ins Wohnzimmer.

Ein Nachtfalter flatterte aufgeregt unterhalb der Decke vor der gekippten Terrassentür. Er mußte zwar den Weg durch den schmalen Spalt gefunden haben, aber fand ihn jetzt nicht mehr durch diesen zurück nach draußen. Noch war es dunkel genug für ihn, den Weg zu einem Ruheplatz zu finden.

Er zog die Gardine zurück und öffnete weit die Terrassentür.

»Na, los, ab in die Freiheit«, rief er ihm leise zu.

Der Nachtfalter verharrte einen Augenblick, es schien ihm, als wolle er ihm still dafür danken, daß er ihm den Weg in die Freiheit geebnet hatte, und verschwand durch die offene Terrassentür in der Morgendämmerung.

Er schloß sie nicht sogleich, sondern trat einen Schritt hinaus. Die Platten fühlten sich kühl und leicht feucht unter den nackten Füßen an. Das morgendliche Konzert der Vögel war im vollen Gang. Einige mußten im Wipfel des Baumes vor der Terrasse sein, doch er konnte sie durch das Dämmerlicht und das dichte Laub hindurch nicht entdecken. Es war fast windstill. Die langsame Dämmerung ließ schon mehr als Konturen erkennen. In der Ferne zogen leichte Regenwolken auf. Es war nicht sehr warm, aber für einige Minuten konnte man es ohne Kleidung aushalten. Tief atmete er die frische wohlriechende Morgenluft ein, in die sich das Aroma der Pflanzen so intensiv mischte wie nur um diese Zeit des Tages und zu dieser Jahreszeit. Nur wenig von ihm entfernt flog ein Vogel dicht über dem Rasen, um dann steil anzusteigen und im Geäst eines Baumes zu verschwinden. Für einen Moment überlegte er, ob er nicht einige Schritte hinaus in den Garten gehen sollte.

»Ach, hier bist du«, hörte er Lydia verschlafen und erleichtert hinter sich.

Er hatte sie nicht kommen gehört.

Er wandte sich um. Sie stand im Türrahmen, sah verschlafen aus, das schöne Haar struppig, aber nichtsdestoweniger begehrenswert.

»Ich habe dich vermißt«, fügte sie mit einem Augenaufschlag hinzu, der ihn an ein kleines Mädchen erinnerte.

Das war für ihn eines der schönsten Komplimente, das sie ihm machen konnte. Sie ging zu ihm und lehnte sich zärtlich an ihn. Er legte einen Arm um ihre Taille. Es gefiel ihm, ihren bettwarmen Körper an seinem zu spüren.

»Ich bin zwar alles andere als ein Frühaufsteher, aber der frühe Morgen hat gerade im Frühling seinen besonderen Reiz«, sagte sie, als spräche sie mehr zu sich selbst.

Sie löste sich aus seiner Umarmung und ging einige Schritte in den Garten hinaus. Wie Eva im Paradies war sein spontaner Gedanke. Sie blieb einige Schritte von der Terrasse mitten auf dem taufeuchten Rasen stehen, sah ihn an und breitete die Arme aus. Sie wirkte gar nicht mehr müde.

»Weißt du, wozu ich jetzt Lust hätte«, fragte sie lachend.

Er ging zum Rand der Terrasse und schüttelte den Kopf, obwohl er so eine Ahnung hatte, schließlich kannte er sie lang genug.

»Jetzt, hier, mitten im Garten auf dem taufeuchten Rasen zu vögeln«, sagte sie, was bei ihr eine Ankündigung und keine Wunschäußerung war.

Sie wartete seine Antwort nicht ab, sondern lief auf ihn zu, nahm ihn an der Hand und zog ihn ein gutes Stück mit sich.

Als sie wieder im Bett lagen, war es zwar noch früher Morgen,

aber schon taghell. Lydia hatte sich zufrieden und dicht an ihn ge-
kuschelt und war fast unmittelbar darauf eingeschlafen. Ihm muß
es nicht anders ergangen sein, denn als er wieder erwachte, war
es später Vormittag und der Regen rauschte nieder. Die Gardine
wehte leicht vorm offenen Fenster und der Raum war fast vollständig vom Duft frischfallenden Frühlingsregens erfüllt. Die
schöne Schläferin an seiner Seite erwachte langsam, blinzelte
kurz, orientierte sich erstaunlich schnell und meinte dann:
»Frühlingsregen macht mich immer so sinnlich.« Dabei räkelte
sie sich derart lasziv, daß er nicht einen Augenblick an ihren Worten zweifelte. »Ob wir es mal draußen im Regen machen sollten?«

Später dann, es war fast Mittag und nach der Erkenntnis, daß
Liebe am Morgen nicht zu verkennende Reize besitzt, entschlossen sie sich, nach einer gemeinsamen heißen Dusche – ihre Vor-
schläge setzten bisweilen eine robuste Konstitution voraus – sich
wieder ins bequeme Bett zu kuscheln und diesen verregneten
Sonntag auf eine der bestmöglichen Weisen zu verbringen.

Aus den angekündigten ein bis zwei Wochen wurden schließlich fast zwei Monate, die ihm kaum mehr wie zwei Wochen erschienen. Als sie wieder in ihre eigene Wohnung zog, kam ihm
das Haus leer vor. Er vermißte die Gespräche mit ihr an langen
Abenden, die gemeinsamen Spaziergänge, ihre Spontaneität in so
ziemlich allem, ihre Nähe beim Einschlafen und vor allem beim
Aufwachen. Seine Erzählung hatte er während ihres Aufenthaltes
fast fertig bekommen. Es fehlte lediglich der letzte Abschnitt.

Nur wenig, nachdem sie ihn wieder verlassen hatte, verliebte
sie sich in einen jungen Volontär. Und er begann die Tage erwartungsvoll abzuschätzen, bis sie wieder trostsuchend vor seiner
Tür stehen würde. Es überraschte ihn nicht, daß ihm seine egoistische Einstellung keinerlei Schuldgefühle verursachte.

9.

Der große graue Umschlag ohne Absender, nur mit seinem Namen in Druckbuchstaben, wenn auch in geschickter Typographie, erregte sofort seine Aufmerksamkeit. Nach dem Öffnen war er mehr als überrascht, als eine Rötelzeichnung zum Vorschein kam. Es war nicht die meisterliche Zeichnung an sich, die ihn so erstaunte, es war das, was sie zeigte; nämlich ihn am Fenster seines Arbeitszimmers stehend und hinaussehend. Er wußte nicht warum, aber für einen kurzen Augenblick hatte er Maria als Absender im Verdacht. Doch noch im selben Moment verwarf er diese Vermutung als abwegig. Er kannte Marias Stil bestens. Ihre Strichführung war fast weich, doch nicht weniger ausdrucksstark. Diese Zeichnung war in einem ganz anderen gehalten; kraftvoll, sicher. Mit wenigen Strichen hatte es der Künstler verstanden, das Wesentliche zu erfassen. Ganz abgesehen von der Signatur, JT, beide Buchstaben ineinanderverschlungen. Maria dagegen signierte mit einem einfachen nüchternen M ohne jeden Schnörkel.

Er starrte die Zeichnung an und sah vorerst gar nicht, daß am unteren Rand noch ein Datum und einige Worte in einer kraftvollen, schön geschwungenen Handschrift geschrieben waren. Das Datum war jenes, an dem er das erste Mal zu der ›Schönen Künstlerin‹ hinübergesehen hatte, wie sie sich auf das Geländer vor ihrem Schlafzimmerfenster stützte und scheinbar in den Garten hinuntersah.

Ich erwarte Dich.

Er mußte die drei Worte mehrmals lesen, ehe ihm bewußt wurde, daß nur eine Person, schon der Perspektive wegen, diese Zeichnung angefertigt haben konnte; die ›Schöne Künstlerin‹. Demnach hatte sie ihn gesehen. Vermutlich hatte sie auch die ganze Zeit über gewußt, daß er sie von Zeit zu Zeit beobachtet hatte. Womöglich wußte sie sogar, daß er ihr beim Liebesspiel mit dem Jüngling oder der üppigen Schönen zugesehen hatte.

Ihm wurde abwechselnd heiß und kalt. Die Handflächen schwitzten und die Hände zitterten ihm. Er fühlte sich wie ein ertappter Bösewicht, der sich stets unbeobachtet geglaubt hatte und nun seinen fatalen Irrtum erkennen mußte.

Er mußte sich setzten. Die Zeichnung glitt ihm aus der Hand, landete auf dem Schreibtisch. Er starrte durch das halboffene Fenster auf die Villa gegenüber.

Dort waren in Anbetracht des schönen Wetters alle Fenster wie auch die Terrassentür geöffnet. Die Gardinen spielten im Wind. Doch nirgends zeigte sich seine Nachbarin, was ihm im Augenblick ganz recht war.

Langsam legte sich der erste Schock und sein Blick fiel erneut auf die kurze Botschaft. Nein, das klang nicht so, als wollte ihm da jemand die Leviten lesen. »*Ich erwartete Dich*« hatte wenig mit der Absicht zu tun, einem den Kopf zu waschen.

Sich selbst einen Hasenfuß schimpfend, weil mal wieder die Fantasie mit ihm durchgegangen war, lehnte er sich zurück und dachte nach.

Eigentlich gab es nur eins, was er tun konnte; der Einladung Folge leisten. Tat er es nicht, würde er sich wirklich als vulgärer Spanner entlarven. Was sie dann unternehmen würde, wagte er nicht, sich auszumalen. Mit der Gewißheit keine Alternative zu haben und auch keine haben zu wollen, wenn er ehrlich sein sollte, stand er auf und ging ins Bad, um sich etwas frisch zu machen.

Er verließ das Haus, zog die Tür leise hinter sich ins Schloß.

Leicht nervös, fast wie ein Pennäler vor seinem ersten Rendezvous, stand er vor ihrem Gartentor. Beim Öffnen quietschte es unnatürlich laut. Er schritt über den breiten Kiesweg auf die Terrasse zu.

Noch zeigte sich niemand, weder auf der Terrasse noch oben an einem der Fenster. Er ging ungewöhnlich langsam, fast zögerlich auf das Haus zu.

Bevor er durch die offene Terrassentür trat, er war sich sicher, daß sie seinetwegen offen stand und daß ihm, hätte er an der Eingangstür geklingelt, nicht geöffnet worden wäre, blieb er mitten auf der Terrasse stehen und sah hinauf.

Über ihm war das Schlafzimmerfenster. Die Gardine war halb zugezogen und wehte leicht im Luftzug. Natürlich stand niemand am Fenster und doch hatte er das Gefühl, schon mehr die Gewißheit, daß jeder seiner Schritte beobachtet wurde.

Er gab sich einen inneren Ruck und trat durch die Terrassentür ins Haus. Angenehme Kühle empfing ihn. Die dicken Mauern dieser alten Häuser ließen im Sommer die Wärme draußen. Er hatte das Gefühl, daß seine Schritte unnatürlich laut auf dem hellen

Parkett hallten. Er sah sich kurz um. Die Einrichtung war tatsächlich so geschmackvoll, wie er aus der Entfernung den Eindruck gehabt hatte. Das Wohnzimmer war nicht überladen, fast von einer wohltuenden Luftigkeit erfüllt. Nur das wesentliche an Einrichtungsgegenständen war vorhanden. An den Wänden hingen gerahmte Zeichnungen und einige Ölbilder. Er nahm sich nicht die Zeit, sie näher in Augenschein zu nehmen, dafür fehlte ihm jetzt die Ruhe, vielleicht er würde später noch Gelegenheit dazu haben. Er erkannte nur, daß sie figurativ waren.

Die Tür zum breiten Flur stand offen. Er setzte seinen Weg fort.

Der Flur war im Schachbrettmuster gefliest. Die Steinstufen der Treppe waren leicht ausgetreten. Eine Tür war angelehnt. Sie führte in die Küche. Er warf einen kurzen Blick hinein. Ein altmodischer blankgeputzter Herd, der mehr der Zierde diente, beherrschte den Raum. Die Küche war sauber und nur die ganz alltägliche Unordnung zeugte davon, daß hier jemand wohnte.

Er hielt sich nur einen Augenblick hier auf. Den anderen Zimmern im Erdgeschoß stattete er keinen Besuch ab. Er war überzeugt, hier niemanden anzutreffen, und ging die Treppe hinauf.

Hier waren weniger Zimmer, schließlich nahm das Atelier die halbe Etage ein. Außer dem zu seinem Haus hinausliegenden Schlaf- und Badezimmer, gab es noch zwei andere, in die er einen kurzen Blick warf. Das eine war offenkundig das Gästezimmer, das andere diente als eine Art Archiv. Regale, in denen verschiedene Mappen mit Zeichnungen lagen, große Kartons, die vermutlich Ähnliches enthielten, ein Sortiment neuer Pinsel und unangebrochene Kartons mit Zeichenkohle, Aquarell- und Ölfarben und ähnliches.

Ein kurzer Blick durch die weit offen stehende Schlafzimmertür überzeugte ihn, daß auch hier niemand war. Dennoch verweilte er einen Augenblick in der Tür.

Das Schlafzimmer war größer als er vermutet hatte. Trotz der zwei Fenster hatte er nur einen kleinen Teil einsehen können. Dafür war der Spiegelschrank etwas kleiner. Das Bett war frisch bezogen worden. Die dunkelblauen Seidenlaken dufteten nach Lavendel. Über dem Bett hingen drei gerahmte erotische Kohlezeichnungen, die Paare beim Liebesspiel auf eine sinnlich verträumte Weise zeigten. Diese waren aber nicht von ihr. Die Signatur war eine andere. Auch der Stil der Frisuren und der Kleidung oder das wenige, was sie trugen, ließen auf eine

Entstehung in der ersten Hälfte des zwanzigsten Jahrhunderts schließen.

Er verließ das Schlafzimmer und ging ins Atelier. Auch hier war niemand. Ein Geruch nach Ölfarben, Kohlestiften und Zitrusterpentin schlug ihm entgegen. Das längst fertige Bild der üppigen Schönheit stand noch auf der Staffelei, das Pendant dazu, den Jüngling, konnte er nirgends entdecken. Vermutlich war es bei den anderen, die mit dem Gesicht zur Wand auf dem Boden standen.

Er konnte nicht anders, das Bild der üppigen Schönheit zog ihn an. Er betrachtete es ausgiebig, fuhr mit den Blicken an jeder Linie entlang. Je mehr er sich in die Betrachtung vertiefte, desto mehr hatte er den Eindruck, als stiege diese barocke Venus gleich zu ihm herab.

Im Haus herrschte absolute Stille. Seine Atemzüge schienen die einzigen Geräusche sein. Von draußen drang nur das leise Rauschen des Laubes und der Gesang der Vögel herein. Für den Augenblick glaubte er in der Ferne das schwache Brummen eines Traktors zu vernehmen. Ein leichter hereinkommender Windstoß ließ Papier rascheln und lenkte seine Aufmerksamkeit von dem Bild ab und zum Zeichentisch hin.

Erst jetzt nahm er die vielen, in drei Gruppen geordneten Zeichnungen wahr, die dort lagen.

Die erste Gruppe bestand aus datierten Zeichnungen von ihm, am Fenster stehend und hinübersehend, wenn auch ohne Fernglas. Sofern er sich erinnern konnte, stimmten alle Daten mit den Tagen überein, an denen er lange zu ihr hinübergesehen hatte. Was ihn nur anfangs erstaunte; sie waren nicht irgendwie anklagend, was er mittlerweile auch nicht mehr erwartet hätte, sondern zeigten jemanden, der etwas suchte, auf etwas wartete. Auf einigen machte er gar den eher romantisch verklärten Eindruck des zurückhaltenden Bewunderers. Es fiel ihm zunächst nicht leicht, sich darin wiederzuerkennen.

Die zweite Gruppe der gleichfalls datierten Zeichnungen versetzte ihm dagegen einen gelinden Schock. Nicht nur daß sie ihn gemeinsam mit Lydia und Viviane beim Sex zeigten, sie mußten eindeutig nach der Fantasie gezeichnet worden sein, denn da sein Schlafzimmer nach vorne hinauslag, konnte sie ihn nicht direkt beobachtet haben. Doch korrigierte er sich sogleich. Sie konnte ihn einzig mit Viviane nicht beobachtet haben, mit Lydia schon, denn sie hatten einige Male auf dem Sofa in seinem Arbeitszimmer gevögelt. Und an jenem Abend, an dem sie spät von ihrem beruflichen Termin zurückgekommen war, sogar auf seinem Schreibtisch. Besonders diese Situation hatte sie auf mehreren Zeichnungen festgehalten und so lebendig, als wäre sie mit ihnen im Zimmer gewesen. Besonders Lydia hatte ihre Aufmerksamkeit gegolten. Die ›Schöne Künstlerin‹ hatte die Lust, die Lydia dabei empfunden hatte, überaus plastisch eingefangen. Auch jener frühe Sonntagmorgen im Garten war auf zwei Blättern festgehalten worden.

Er konnte im ersten Moment nicht sagen, was ihn mehr erstaunte, daß er beim Sex – die meisten Blätter zeigten ihn gemeinsam mit Lydia, immerhin hatte sie zwei Monate bei ihm gelebt – beobachtet worden war, oder daß eine Künstlerin dies festgehalten hatte. Die Ironie wurde ihm schnell bewußt. Während er glaubte, seine Nachbarin unauffällig beobachtet zu haben, wußte sie nicht nur die ganze Zeit über, daß er es tat, nein, sie hatte sogar ihn, ohne daß er es wußte, offenkundig selbst ausgiebig beobachtet.

Über diese Erkenntnis mußte er schmunzeln. In gewisser Weise empfand er sie sogar als Kompliment.

Hatte schon die zweite Gruppe Zeichnungen ihn leicht irritiert, so traf es für die letzte erst recht zu. Es war nicht nur, daß diese ihn wieder beim Sex zeigten, sondern daß sie ihn beim Sex mit *ihr* zeigten, mit der ›Schönen Künstlerin‹. Die Fantasie, die Vielzahl der Stellungen, die sie zeigten, standen der von Lydia in nichts nach. Es war unübersehbar, daß sie sich mit Lydia identifizierte. Diese Zeichnungen, die erotischen Fantasien einer Frau waren einfach schön, etwas anderes konnte er dazu nicht sagen, wollte er ihnen gerecht werden. Sie waren mit Leidenschaft gezeichnet. Manche mit schnellen Strichen, mehr Skizze als ausgearbeitete Zeichnung, mehr im Fieber der Erregung entstanden, die die abgebildete Fantasie verursacht hatte. Andere wiederum waren sorgfältig ausgeführte Federzeichnungen, jeder Muskel, jede Falte der Textilien, die sie trug, der Laken, auf denen sie lagen; auf einigen hatte sie sogar das Gewebe ihrer Strümpfe ausgearbeitet – sie trug auf vielen Strümpfe und hochhackige Schuhe, eine Gemeinsamkeit mit Lydia. Auch aquarellierte Federzeichnungen waren darunter.

Selbst wenn sie auf allen Zeichnungen den Ton anzugeben schien, so war es doch keine egoistische Dominanz, die sie dargestellt hatte. Bisweilen war eher das Gegenteil der Fall. Auf einigen Blättern, die auf den ersten Blick Stärke suggerierten, war zugleich Verletzlichkeit zu entdecken, Labilität der Situation, die Gefahr, daß Leidenschaft schnell in Gleichgültigkeit oder gar Ablehnung umschlagen konnte.

Doch sollten die Zeichnungen nicht allein erotische Szenen zwischen ihr und ihm zeigen, sondern waren eindeutige Hinweise, was ihr gefiel.

Je intensiver und faszinierter er diese Zeichnungen betrachtete, desto lebendiger schien ihm die Gegenwart der Schönen Künstlerin zu werden, glaubte er sie in seiner Nähe zu spüren.

Ein erneuter Windstoß ließ einige der Zeichnungen auf dem Tisch rascheln. Er sah auf. Sein Blick fiel auf sein Haus. Für den Augenblick glaubte er, sie am Fenster seines Arbeitszimmers stehen zu sehen. Aber es war nur die Gardine, die sich im Wind bewegte.

Dieser Luftzug hatte einen neuen Duft hereingetragen, einen, der sich von den typischen Ateliergerüchen abhob. Ein fruchtiges herbes Aroma, das intensiver wurde. Aber nicht nur der Geruch hatte sich verändert, auch hatte er das Gefühl, nicht mehr allein zu sein, obwohl er keinerlei Schritte vernommen hatte, er war derart in die Betrachtung der Zeichnungen vertieft, daß er nicht darauf geachtet hatte.

Dieses Gefühl wurde stärker, die Gegenwart eines anderen Menschen körperlich spürbar.

Er drehte sich um. Sie stand hinter ihm, vielleicht drei Schritte von ihm entfernt, im kurzen hellen schulterfreien Seidenkleid, weißen Strümpfen, weißen hochhackigen Riemchensandaletten, das lange dichte Haar floß weich und locker über ihre Schultern. Sie lächelte ihn an. Ihre Blicke trafen sich. Keiner sagte ein Wort. Er hätte auch nicht gewußt, was er sagen sollte. Er versuchte seine innere Verlegenheit nicht nach außen dringen zu lassen. Er befürchtete sogar, daß jede Äußerung die zwischen ihnen bestehende Stimmung zerstören konnte.

Sie kam auf ihn zu, nahm ihm die Zeichnungen aus der Hand, legte sie auf den Tisch und küßte ihn kurz. Er schmeckte ihren Lippenstift, spürte kurz ihre Zunge zwischen den Lippen. Sie trat einen Schritt zurück. Sie gab ihm ein Zeichen, ihr zu folgen. Leichten Schrittes, trotz ihrer hohen Absätze – darum hatte er sie auch nicht kommen gehört – ging sie vor ihm her in ihr Schlafzimmer.

Dort nun küßte sie ihn intensiver, entkleidete ihn mit geschickten Fingern, und als sie auf ihren seidenen Laken lagen, während der Wind mit der Gardine spielte, dachte er, daß sie jetzt gut von seinem Fenster aus beobachtet werden konnten. Aber das war ihm gleich.

Armin A. Alexander

Ein (fast) alltäglicher Fall

In einer Siedlung, die abgebrochen werden soll, um Neubauten Platz zu machen, wird die Leiche einer Frau gefunden, die nackt auf einem alten Bettgestell gefesselt liegt. Alles deutet darauf hin, daß eine BDSM-Session gehörig daneben gegangen ist. Doch wer war bei der Frau gewesen? Wer hat sie gefesselt und mit einem Seidenschal gewürgt? Kommissarin Eva Gerbroth begibt sich im Rahmen ihrer Ermittlungen auch in die örtliche BDSM-Szene. Auf einer Party lernt sie den Szene-Photographen und passionierten Dom Jean kennen, von dem sie sofort fasziniert ist. Durch ihn erfährt sie mehr über sich selbst als über ihren Fall, der bald eine überraschende Wende nimmt, als Eva entdeckt, daß Jean die Tote gekannt hat, obwohl er es ihr gegenüber leugnet.

»Ein (fast) alltäglicher Fall« ist spannender Krimi und erotische Liebesgeschichte in einem. Die SM-Szenen sind liebevoll und detailliert beschrieben, herrlich zum Mitträumen. Armin A. Alexander ist ein hervorragender Erzähler, der zu fesseln vermag.

Zilli in den »Schlagzeilen« Nr. 113

ISBN: 978-3-7448-5218-0
Paperback, 320 S., € 13,99
E-Book, epub, no-drm, € 9,99

Armin A. Alexander

QEL-250

Frühjahr 1985: In den Pharmalabors der Berger-Chemie wird nach einem verbesserten Rheumamittel geforscht, letztlich Routine. Die Ergebnisse der ersten Tierversuche sind jedoch ernüchternd. Kurz bevor man sich darüber verständigt, die Versuche abzubrechen, legen einige Tiere ein Verhalten an den Tag, als beeinträchtige das Mittel ihre Gedächtnisleistung. Am darauffolgenden Wochenende wird der Hefter mit den Protokollen, die jedoch unvollständig sind, bei einem Einbruch ins Labor gestohlen. Helene Jagenberg, eine an der Entwicklung beteiligte Chemikerin, hat die wichtigsten Teile mit nach Hause genommen, um einen ausführlichen Bericht zu schreiben. Kurz darauf wird sie entführt.

ISBN: 978-3-7494-3700-9
Paperback, 228 S., € 10,99
E-Book, epub, no-drm, € 7,99